「雪国」殺人事件

新装版

西村京太郎

Kyotaro Nishimura

C★NOVELS

目次

「雪国」殺人事件

第一章 「雪国」への出発

1

橋本豊は、川端康成の小説『雪国』を持って、東京駅から、上越新幹線「あさひ337号」に、乗った。

座席に腰を下し、列車が動き出してから、本のページを開いた。

有名な「国境の長いトンネルを抜けると雪国であった。夜の底が白くなった」の言葉で始まる小説に、橋本は、次第に、引きずり込まれ、自分が、主人公の島村の気分になっていった。

島村は、今でいえば、フリーターみたいな人間だろうか。

彼が、一年ぶりに、越後《えちご》湯沢《ゆざわ》に、芸者駒子に会いに行くところから、この小説は始まっている。

橋本は、島村ほど、優雅な生活もしていない。

橋本には、前科があり、刑務所生活を経験している。

刑事だった男が、いかに、止《や》むを得なかったとはいえ、人殺しをしたのだから、最低の刑事だった。

出所後、その刑事だった頃の経験を生かして、私立探偵を開業した。

だから、橋本には、いつも、人を殺した時の負い目が、ついて回るのだ。

これから行く越後湯沢では、『雪国』を記念して、毎年、「湯沢温泉雪まつり」を行い、その中でミス駒子を、選出している。

ミス駒子は、別に土地の娘とは限らず、スキーに来た女子大生や、ＯＬでも構わない。

去年のミス駒子には、久しぶりに、土地の十九歳の娘が、選出された。

置屋の一人娘で、お座敷に出たばかりの高村真紀、芸者としての名前は、菊乃である。

橋本は、これから、このミス駒子に会いに行く。

だが、小説の中の島村みたいに、ロマンチックな気分で、会いに行くのではない。

仕事だった。

昨日、久しぶりに、探偵事務所に、女の客が訪ねてきた。

彼女の名前は、長谷川章子。四十三歳。夫はＭ証券の部長で、透という大学三年、二十一歳の息子がいる。

去年の春休み、透は、越後湯沢に、スキーに行った。

「そこで、ミス駒子に選ばれた娘さんと知り合ったんです。地元の方で、芸者になったばかりの高村真紀さんという人」

と、章子は、いった。

「息子さんは、その女性が、好きになったわけですね？」

と、橋本は、きいた。

「ええ。息子がいうには、とても、恥しがり屋で、古風な女性だから、好きになったというんですよ。今、自分の周囲にいる娘さんたちは、みんな、わがままで、男に何かして貰いたいとばかり、いっている。僕は、自分がわがままだから、そういう女性は苦手で、湯沢で会ったミス駒子のような人がいい。出来たら、結婚したいというんです」

「反対なんですか？」

「反対も何も、私も、主人も、その娘さんに会ってないし、もちろん、どんな人なのか、知らないんですよ」

「なるほど」

「ですから、この娘さんのことを、調べて来て欲しいんです。何もかも」

と、章子は、いった。

「何もかもというのは、どういうことですか？」

「良い点も、悪い点もですわ。ただ、これは、あくまでも、内密に、お願いしたいんです。息子が知ったら、怒るに決ってますから」

と、章子は、念を押した。

「一つだけ、確認しておきたいことがあるのですが」

橋本は、いった。

「何でしょうか？」

と、章子が、ちょっと警戒する感じできく。

「この娘さんは、芸者ですよね」

「ええ」

「もし、息子の嫁に、芸者なんか、とんでもないと思っているのなら、この調査は、止めた方がいいですよ。私は、お金が貰えて助かりますが」

と、橋本は、いった。

「なぜ、そんなことを、おっしゃるの？」

「前に一度、これは一人娘のことで、お母さんが見えたことがあるのです。ロックシンガーが好きになって、一緒になりたいといっている。その男のことを、調べて欲しいということで、調査しました。一見、金にも女にも、だらしがない男に見えたんですが、これが、びっくりするくらい真面目なんです。その通りの調査報告書を書いて、渡したんですが、その母親が、怒りました」

「なぜですの?」

「彼女は、こういいました。私は、彼が、女や金にだらしがないという報告書が来たら、それを娘に見せて、諦《あきら》めさせようと思っていた。それなのに、こんな報告書では困る。書き直してくれというのですよ。調べた結果、どうしようもない男だと書いてくれというわけです」

「それで、どうなさったんですか?」

「希望どおりの報告書を作ってくれれば、百万円払うといわれましたよ。私は、正直にいって、いつも金が無くて、百万円は欲しかった。でも、断りました。そのお客には、こういいました。私は、調べた通りの報告書は、撤回しない。ただ、それを、娘さんに見せる、見せないは、あなたの自由ですと」

と、橋本は、いった。

章子は、興味をそそられたという顔で、

「それで、そのお客は、どうしたのかしら?」

「わかりませんが、金さえ出せば、希望どおりの調査報告書を書いてくれる私立探偵を探したんじゃありませんか」

「そういう探偵さんもいるんですか?」

「いないことはありませんよ。だから、あなたも、そういう希望なら、私に依頼するのは止めた方がいい。無駄なお金を使う必要はありませんよ」

と、橋本は、いった。

(こんなことをいうから、おれのところには、客が来なくなるんだな)

と、橋本は喋りながら、自己嫌悪に落ち込んだのだが、章子は、微笑して、

「私は、相手が芸者さんだって、いい人なら、息子と結婚させたいと思いますよ。だから、調べて来たら、そのまま正直に、書いて、教えて下さいな」

と、いった。

2

橋本は、本から眼をあげて、窓の外に眼をやった。

新幹線は、高崎を過ぎたところだった。

三月に入り、東京の街には、春のきざしが見えていたのだが、新幹線が、大宮、高崎と過ぎて行くにつれて、窓の外は、次第に、春から遠ざかり、冬に逆戻りして行くように感じられた。

眼をこらすと、夜の闇の中に、白いものが光り始め、それが、はっきりと、雪片とわかってくる。列車のスピードが早いので、粉雪は、斜めというより、真横に飛んでいくように見える。その中の一粒が、窓ガラスにへばりついたと思うと、一瞬の中に溶けて、水滴となり、筋となって、それも、真横に流れていく。

今年の「湯沢温泉雪まつり」は、三月一日に、開かれ、今年も、ミス駒子が選ばれた。

依頼者の息子の長谷川透は、今年も、「湯沢

温泉雪まつり」に合せて、スキーに行き、去年のミス駒子こと、芸者菊乃に会った。それでいよいよ、彼女が好きになり、帰って来ると、両親に、彼女と結婚したいと話した。

（あの母親は、相手が芸者でも構わないといったが、正直な気持とは、思えないな）

と、橋本は、考える。

長谷川章子は、話の中で、殊更に、息子の透が、国立大学の法学部三年で、成績が常に、五番以内だといったり、夫が、エリートサラリーマンで、M証券の将来の重役を約束されていると話したりしたのは、彼女の気持の中で、息子の嫁にふさわしいのは、良家の娘であって、芸者をやっている娘などではないということがあったのだろうと、橋本は、考える。

たいていの母親は、同じなのだと、橋本は、仕事柄、知っている。

男の子の母親は、折角、大学まで行かせたのに、なぜ、よりによって、あんなバカな娘と結婚したいのかとなげき、女の子の母親なら、今まで、大切に育てて来たのに、どうして、あんな、何処《どこ》の馬の骨ともわからない男と一緒になりたいというのかと怒る。

そして、たいてい、不満ながら、妥協するのも、母親だからだろう。

今度の件も、相手の芸者が、いい性格の娘なら、あの母親も、息子との結婚に、結局、同意するだろう。息子に恨まれるのが怖いからだ。

だから、橋本は、ミス駒子の芸者菊乃が、素敵な娘であって欲しい。気楽に、報告書が、書ける。

雪は、いぜんとして、降り続いている。

『雪国』では、トンネルを抜けるとだが、今日は、トンネルの手前で、すでに、窓の外は一杯の雪景色になった。

大清水トンネルに入る。

この長いトンネルを抜けたところが、越後湯沢駅である。

『雪国』の島村は、トンネルを抜けたとたんに、雪国を見て感動するのだが、トンネルのこちら側で、すでに、雪を見ていては、果して、彼のように、感動できるかどうか。

トンネルは長い。新幹線のスピードをもってしても、七、八分はかかる。

その間、橋本は、窓の外を見ていた。というより、トンネルの暗さのために、窓ガラスが、鏡のように、車内の景色を映し出している。それを見ていたといった方がいいだろう。


島村は、夜汽車の窓ガラスに映る少女に、ひかれる。駒子の妹分で、薄幸で、一途で、いや、一途だから、薄幸なのか、葉子に、ひかれるのだ。

橋本も、無意識に、葉子のような美少女を、探していたのかも知れない。

だが、現実に、そんな楽しい出会いがある筈はない。乗客たちは、眠っているか、週刊誌を読んでいる。若い娘もいるが、たいていは、カップルで、次の越後湯沢で降りるために、その支度《したく》を始めている。スキーウエアが、やたらに、華やかで、薄幸な感じの娘など、一人もいない。

突然、列車は、トンネルを抜けた。

雪国は、――やっぱり雪国だった。

3

同じ雪景色でも、トンネルのこちら側は、雪の重さが、違っていた。

どっかりと、厚い雪が、道を蔽《おお》い、家々の屋根を蔽い、駐《と》まっている車に、かぶさっている。それに、振り払っても振り払っても、でんとして動こうとしない頑固な雪のかたまりなのだ。

列車からホームに降りて、コート姿の橋本は、寒さに震えあがった。他の乗客は、スキーを担ぎ、みな温かそうなスキーウエアで、身をかためているから、一層、橋本は、寒そうに見えるに違いない。

(スキーウエアを着てくれば良かったかな?)

と、思ったが、彼の持っているのは、五、六年前のスキーウエアだから、かえって、違和感を助長するだけだったかも知れない。

駅前のタクシーのりばに出たが、なかなか、タクシーは、来ない。雪は降り続けているし、道路のあちこちに、除雪した雪の山が出来ているので、車が走りにくいのだろう。

三十分近く待って、やっとタクシーに乗ることが出来た。

予約しておいた、いろは旅館に入る。

最近は、どこでも、大型ホテルが出現しているが、この旅館は、昔風の木造二階建だった。それが嬉しい。

橋本は、遅くなったことを、女将《おかみ》さんに詫びてから、まず、丹前を羽織り、一階の大浴室に向った。

小さな中庭に面した浴室は、檜《ひのき》風呂で、誰も入っていない。降りしきる雪が、音を消してしまうのか、浴槽に身体を沈めると、何の音も聞こえない。

湯気で、曇っている窓ガラスを、掌《てのひら》で拭くと、中庭が見えた。

白い雪片が、音も無く降り積っている。庭には、積雪が、小さな山を作っていた。根雪が、溶けずに残り、その上に更に、雪が降って、山を作っているのだ。

中庭は、頑丈な垣根で囲われているので、積雪を、外へ運び出せないらしい。

ここへ着いてすぐ、女将に、明日、芸者の菊乃を呼んでおいて欲しいと、頼んでおいた。

去年のミス駒子だから、簡単には呼べないだろうと思ったのだが、女将は、

「多分、大丈夫だと思いますよ。今は、閑《ひま》でしょうから」

「でも、どのホテル、旅館も、満室に近いんでしょう。お座敷も、多いと思うんだが」

橋本が、いうと、女将は、笑って、

「冬は、お客様は、一杯いらっしゃいますけど、ほとんど、スキーを楽しむ若い人たちか、休みの子供を連れた家族のグループですよ。そういう人たちが、芸者を呼びます？　だから、いくら、お客様が多くても、芸者は、閑なんですよ」

と、いった。

橋本は、浴槽につかりながら、その時の女将の言葉を思い出していた。

橋本は、刑事時代も、今も、温泉地へ行き芸者を呼んで楽しむほどの余裕はなかったから、女将のいったことに、そんなものかと、感心した。

明日、菊乃が来てくれれば、今回の仕事は、

早くすみそうだ。自分で、彼女を見て、それから、彼女のことをよく知る同僚の芸者や友人、知人に会って、彼女の噂を聞けば、調査報告書は、作れるだろう。

翌朝、二階の部屋で眼をさましたのは、昨夜が遅かったせいで、午前八時を回ってしまっていた。

今朝の食事は、八時半にしてくれと頼んである。あわてて起きあがり、窓のカーテンを開けた。雪は止んでいて、朝日が眩しく反射している。

山の中腹に作られたスキー場が、遠望できる。朝早い時間なのに、もう、リフトが動いていて、何人かのスキーヤーの姿も、見えた。

部屋係の男がやって来て、手早く布団をたたみ、テーブルの上を片付け、仲居が、朝食を運んで来た。

「もう、滑ってるスキーヤーがいるんだね」

と、橋本がいうと、

「皆さん、二、三日しか休みがないみたいで、だから、朝早くから、夜おそくまで、滑っているみたいですよ」

と、仲居は、いう。

「夜も？　ああ、夜間照明もあるんだ」

「ええ。今は、無いところはないんじゃありませんか。すぐ、召しあがります？」

と、仲居は、いう。

橋本は、肯《うなず》いて、座布団に腰を下した。

仲居が、お茶をいれ、ご飯をよそってくれる。

「今夜、芸者の菊乃さんを呼んでいるんだ。去年のミス駒子で、美人だというんでね」

と、橋本は、いった。

「そうですか」

「どんな芸者さん？」

「去年のミス駒子で——」

「そうじゃなくて、評判さ。芸者だって、今の若い娘だから、わがままだとか、今どきの若い女には珍しく、礼儀正しくて、むしろ古風だとか」

と、橋本は、いった。

「お客さんに、人気がありますよ。明るくて、話がうまくて、楽しい娘《こ》だから」

と、仲居は、当り障りのないことをいう。

「今年も、ミス駒子が、決ったんだね？」

「ええ。三月一日に。今年は、残念ながら、新潟のOLさんでしたけど」

と、仲居は、いう。今年は、全国から、一三五人も応募者があったのだと教えてくれた。


「でも、今の若い人たちは、駒子が、どんな女性か知っているのかな？　小説を読んでるんだろうか？」

と、橋本は、いった。

「どうでしょうか。この近くに、資料館があるんですけどねえ」

「うん」

「そこに、駒子のモデルだという芸者さんの写真が飾ってあったりするんですけど、見に行く人はほとんど、いないそうですよ。こんなに沢山、スキーのお客さんは、来ているのに」

と、仲居は、苦笑する。

そんなものかも知れないと、橋本は思った。

彼は、仕事で、一度、城崎《きのさき》へ行ったことがある。

城崎は、志賀直哉の「城の崎にて」で有名だが、そう思うのは、その小説を知っている人間の間でということで、知らない者の間では、古い温泉地で、最近は、海岸に、大きな水族館が出来たぐらいの知識しかないだろう。

実際に、城崎に着いて、それを実感した。駐車場に使われている公園では、そこから出るケーブル・カーに人は集まるが、公園の隅にある志賀直哉の文学碑を見に寄る人は、ほとんどいないし、第一、若い人たちは城崎に着くと、古い温泉街には行かず、水族館や、龍宮城（沖の小島に作られている）のある日和《ひより》山行のバスに乗ってしまうと聞いた。

朝食のあと、橋本は、タクシーを呼んで貰い、まず、仲居のいった資料館に行ってみることにした。

タクシーは、古い街並みを走る。周辺には、高層のリゾートマンションが、林立し、関越自動車道が、南北に走る。旧市街と、新市街という感じだった。

タクシーは、旧市街の古い街並みを見ながら走る。道が狭く、ところどころに、除雪された雪が、かたまりになっているので走りにくい。道路に、雪を溶かすための噴水が出ている所もあるが、橋本の眼には、弱々しくて、あまり、役に立っているようには、見えなかった。

観光客の姿は、ほとんど見えない。その時間、みんな、周辺のスキー場に行ってしまっているのだろう。

問題の資料館は、何の変哲もない、小さなコンクリートのビルである。ひっそりとしていて、人の気配はない。休館かと思ったが、窓口に、ちゃんと、女性が座っている。

入場料を払って、中に入る。誰もいない。湯沢の歴史がわかるような、昔の農器具などが、展示されている。駒子のモデルだろうといわれる松栄という芸者の写真も、パネルにして、壁にかかっている。

橋本の頭の中の駒子は、どうしても、映画になった駒子である。シロクロ映画の岸恵子か、カラーになってからの岩下志麻になってしまう。

パネルの中の松栄は、良くいえば素朴で健康に見えるが、野良着のような服装のせいもあって、芸者というより、農家の娘の感じがする。

橋本は、眉を寄せて、パネルを、しばらく、見つめていた。

この娘と、小説や映画の中の駒子とを結びつけるのは何なのだろうと思う。作家の途方もないイマジネーションなのか。

それとも、この娘は、外見とは違って、小説の中の駒子と同じ心を持ち、自意識が強く、自分が傷つく繊細さを持っていて、作者は、そのまま、書いたのだろうか。

その思いが、自然に、今夜、会う、芸者菊乃のことに、移っていく。

(調査依頼主の章子は、彼女のことを、息子の言葉として、古風で、恥しがり屋の娘だといっていたが、その通りなら、調査報告書は、書き易いのだが)

と、思った。

ふいに、背後に人の気配がして、橋本は、振り向いた。

大きな男が、立っていた。五十歳くらいだろう。無精ひげを生やし、うす汚れた革のジャンパーに、ゴム長という恰好だった。

彼は、橋本の姿など、眼中にないという顔で、パネルの中の松栄を見つめ、禁煙を無視して、煙草に火をつけた。

「ここは、禁煙ですよ」

と、橋本が、声をかけると、男は眼だけ、橋本に向けたが、何もいわず、そのまま煙草を吸い続けている。

橋本は、むっとして、もう一度、

「ここは、禁煙」

と、少し、強い口調で、いった。

男は、一瞬、橋本を睨みすえてから、何もいわずに、部屋を出て行った。

（おかしな奴だな）

と、思ったが、橋本も、タクシーを待たせておいたのを思い出して、帰ることにした。

外に出て、タクシーに乗る。

「観光客が、集まる場所は？」

「この時間なら、ガーラ湯沢じゃないかな。あそこは、日帰りでも、スキーが出来るから」

と、運転手は、いった。

ガーラ湯沢のことは、橋本も、話には聞いていた。冬季にだけ利用される上越新幹線の駅である。

越後湯沢駅から、三分の近さで、駅全体が、スキー客のためのものになっているらしい。旅館のパンフレットにもあるが、貸スキー、貸靴、貸ウエアと揃っていて、レストランもあり、この駅から、近くのスキー場に向って、ゴンドラが、運行されている。

東京から、ガーラ湯沢行の新幹線に乗ると、一時間三十分ぐらいで着く。朝、東京を出れば、昼前には着くから、ここで、レンタルで、スキーの支度をし、食事をし、ゴンドラでスキー場に行き、ゆっくり滑って、その日のうちに、東京に戻れるというわけである。その手っ取り早さが、若い人たちに受けているのだという。

「ホテルや旅館には、評判は良くありませんよ。何しろ、泊らずに帰ってしまうんだから」

と、運転手は、いった。

タクシーは、新幹線の下を抜けて、ガーラ湯沢駅に向った。

確かに、そこは駅なのだが、四角い、巨大なビルは、中に入ると、一大アミューズメントだった。レストランがあり、貸スキーが、何千本と並び、貸靴や、貸ウエアが、並んでいる。

ゴンドラの発着場になっていて、それに乗れば近くのスキー場へ運んでくれるのだ。

橋本は、ゴンドラに、乗ってみることにした。

数人乗りのゴンドラが、次々に、出発し、また、戻って来る。橋本のように、ハーフコート姿の客は、誰もいなかった。いずれも、色鮮やかなスキーウエアに身をかためている。

依頼主の息子も、ここに、スキーに来て、菊乃に会ったのだろう。

橋本の乗ったゴンドラは、ひと揺れしてから動き出した。

風があるので、かなり揺れる。一緒の箱に乗ったカップルが、揺れるたびに、女の方が、嬌声をあげる。喧《やかま》しい。

上に着くと、駅の外が、そのまま、ゲレンデだった。

こちら側にレストランがあり、若いグループが、がやがやと、お喋りしている。

橋本は、足元に気をつけながら、駅の外のゲレンデに出た。

やたらに寒い。が、寒さにふるえているのは、橋本だけのようだった。カラフルなスキーウエアの若者達が、急スピードで滑り下りて来ると、鮮やかに、彼の近くで急停止する。そのたびに、雪煙りがあがる。

橋本は、それを避けて、駅の中に、退いたが、その時になって、自分以外にも、場違いな人間が、一人、ゲレンデにいることに気がついた。

グレーのジャンパーに、ゴム長という、ゲレンデでは野暮に見える恰好で、腕を組み、咥《くわ》え煙草で、周囲を見廻している男だった。

資料館で会った中年の男である。何が気に入らないのか、眉間にしわを寄せゲレンデを睨むように見ているのだ。

滑り下りて来た若い男が、うまく、停止できず、その男にぶつかりそうになった。一瞬、何か、言い合っているようだったが、若者は、スキーを担いで駅に入って来ると、仲間に、

「あのおやじ、ぶつかりもしないのに、怒りやがった」

と、口をとがらせた。

橋本は、反射的に、ゲレンデに眼をやったが、その男は、いつの間にか、姿が消えていた。

4

旅館に帰り、ゆっくり、温泉につかってから、夕食という段取りになったが、橋本の関心は、どうしても、夕食の献立より、芸者の菊乃のことになってしまう。

六時に、夕食の用意をしに部屋に入って来た仲居が、

「もう、お姐《ねえ》さん、来てますよ。お呼びしましようか？」

と、橋本にきく。

「ああ、呼んでくれ」

と、橋本はいい、何となく照れ臭くて、煙草に火をつけた。

華やかな色彩が動いたと見えたのは、芸者の菊乃が、入って来たのだった。型どおりに、三つ指をついて、

「今晩は」

と、いう。

仲居が、夕食の支度をすませておいて、

「お姐さん。あとを頼みますよ」

と、いって、部屋を出て行った。

菊乃は、仲居に代って、橋本の傍へ来ると、笑顔で、彼のコップに、ビールを注いでから、

「あたし、お客さんに、お願いがあるんだけど」

と、いきなり、いった。

「どんなこと？」

「あたしのところに、一ヵ月前に芸者になったばかりの若い娘《こ》がいるんだけど、お茶引いてばかりいるの。まいかっていう娘《こ》なんだけど、ここに呼んで構わないかしら？」

「君の妹分というわけか？」

「ええ。とても、可愛い娘《こ》なの」

と、菊乃はいう。

橋本は、どうせ、費用は、依頼主持ちだし、妹分の芸者が来れば、菊乃のことが、より理解できるのではないかと思い、

「君のいいようにしていいよ」

と、鷹揚《おうよう》に、いった。

「ありがとう」

と、菊乃はいい、すぐ、携帯電話で、まいかという新人の芸者を呼び寄せた。

まいかは、あどけなさが残る顔で、部屋に入って来るなり、菊乃に向って、

「姐さん。ありがとう」

と、いい、橋本に向って、

「本当に、いいんですか？」

と、遠慮がちに、いった。

「僕は、賑《にぎ》やかな方が、いいんだ」

「お客さん、話がわかるわ」

菊乃が、嬉しそうに、いう。

依頼主の話では、内気で、控え目な女だというが、眼の前の菊乃は、まいかという妹分の芸者に対して、姉さん株らしく振る舞い、どこにも、内気という感じはなかった。

「君は、確か、去年のミス駒子だったね？」

と、橋本は、菊乃を見た。

「そうなんですよ。お姐さんは、美人だから」

と、まいかが、ちょっと、こびるように、菊乃を見て、いった。

「確かに、美人だ」

橋本が、いった。が、菊乃は、ただ、微笑しただけだった。多分、美人だと、いわれなれているのだろう。

「お客さん、何してる人？」

と、菊乃が、きく。

橋本は、注がれたビールを、いっきに飲み干してから、

「フリーターってとこかな」

「それ、今、はやりなんでしょう？　羨やましいわ」

と、菊乃が、いう。

「何処が羨やましいんだ?」

「だって、時間が自由で、お金だって、沢山入るんでしょう?」

「金なんか儲かるものか」

「信じられないな。温泉へ来て、あたしたちを、二人も呼んでくれるんだから、きっと、お金持ちだわ」

と、菊乃は、軽く首をかしげて、橋本を見ている。

「今日は、たまたまだよ」

と、橋本は、いった。

彼がすすめると、菊乃も、まいかも、よく飲んだ。

「どっちが強いの?」

と、橋本が、きくと、まいかが、

「そりゃあ、お姐さん」

と、いう。

「まいかちゃんは、ビールよりお酒ね」

と、菊乃は、いい、橋本にことわってから、帳場にここの地酒を持って来てくれるように、電話で頼んでいる。

てきぱきと、話し、動き廻る菊乃の様子には、恥しがり屋という感じは、全くない。

一年という歳月が、すっかり、彼女を一人前の芸者にしてしまったのか。それとも、生れつきなのか。

「お客さん、あたしの顔に、何かついてます?」

と、菊乃にきかれて、橋本は、

「小説の中の駒子のことを考えていたんだ。君と、似ているかなと思ってね」

と、いった。

菊乃は、真顔になって、

「あたし、似てません」

「そうかな？　どうして、似てないと思うの？」

「あんなに、男の人に、いちずに、なれないから」

「そうかな。君だって、年頃だから、好きな人が、いるんだろう？　どうなの？　君知らないか？」

と、橋本は、妹分のまいかを見た。

まいかが、何かいおうとすると、菊乃は、彼女の顔を睨んで、

「駄目よ。いっちゃあ」

「しかし、今は、芸者だって、好きな人が出来たら、簡単に結婚できるんだろう？」

と、橋本は、きいた。

「そりゃあね。自由だけど」

と、菊乃は、あいまいに、いい、まいかは、

「京香ちゃんも、去年、結婚したし、――」

「じゃあ、君たちだって、好きな人がいれば、さっさと、芸者をやめて、結婚できるんだろう？」

「まいかちゃんは、出来るわよ」

と、菊乃は、いった。

「なぜ、君は出来ないの？」

と、橋本が、きくと、菊乃は、小さく笑って、

「あたしは、結婚に向いてないの」

「そうなの？　まいかちゃんから見て、この人は結婚に向いてないのかな？」

と、橋本は、まいかに、きいた。

まいかが何かいいかけるのを、菊乃は、それを、押さえるようにして、

「芸者が、結婚するとかしないとかの話をし

ても、面白くないでしょう？　ひょっとすると、わたし、道ならぬ恋をして、子供がいるかも知れないわよ」

「え？」

と、橋本が、声に出すと、菊乃は、けろけろ笑って、

「嘘ですよォ。こんな話より、お客さんが喜ぶものを作ってあげる。まいかちゃん、タオルを借りて来て」

と、いった。

5

まいかが、帳場から、白いタオルを持って来て、菊乃に渡す。

菊乃は、それを受け取ると、

「お客さん。よく見ててね」

と、いい、タオルを、掲げるようにして、細い指を動かし始めた。

白く細い腕が、宙で踊ると、たちまちのうちに、勃起した男のものが、出来あがっていく。

その根本には、二つの袋もちゃんと、ついている。生真面目な顔で、いっしんに作っているのを見ていると。妙に、エロチックだった。

橋本のそんな思惑など知らぬ顔で、菊乃は、ニッコリした。

「さあ、出来あがり」

と、いい、橋本の前に、それを、トンと置いた。

「うまいね。驚いたよ」

「お客さんのと、どっちが立派かな？」

「羨やましいだけだよ。僕は、糖尿だから」

と、橋本が、笑っていると、菊乃は、

「みんなお客さんて、糖尿だっていうのね。糖

尿だから安心しろって。あたしは、お客さんの方が、立派だと思う」

「よしてくれよ」

「どうかしら」

菊乃は、さっと手を伸ばし、橋本の股間に、軽く触れて、

「まいかちゃん、このお客さんのものは、すごいわよ。立派」

「よせよ」

「まいかちゃん、触らせて貰ったら？」

菊乃が、ニッと笑っていう。

まいかは、赤くなっている。

一年前の菊乃は、今のまいかのように、すぐ、顔を赤くしたのかも知れない、そんなことを考えながら、橋本は、タオルで作られたものを、手に取って、

「いいね、なかなか立派だ」

「それで、女の人をいじめちゃ駄目よ」

「これで、どう、いじめるんだ？」

「お客さんの名前、何ていうの？」

「橋本豊」

「じゃあ、豊ちゃん」

「なんだ？」

「飲みましょうよ」

「いいね。それにしてもこれは、誰に習ったんだ？」

「そんなの、一年も芸者をやってれば、自然に覚えるわ」

菊乃は、急に、怒ったようにいい、

「まいかちゃん、ビールとお酒をどんどん持って来るようにいって」

と、妹芸者に、いいつけた。

仲居がビールと、ここの銘酒だという冷酒を、運んで来た。

「さあ、豊ちゃんも、飲んで」

と、菊乃に、すすめられるままに、橋本も、嫌いではないので、飲んだ。

まいかが、小声で、橋本に、

「お姐さん。最近、酒乱の気味なんです」

「バカ。何いってるの」

と、菊乃は、ぴしゃりと、妹芸者の頭を叩いて、

「ビールは、もういいから、お酒にするわ」

「大丈夫なのか？」

「豊ちゃんこそ、大丈夫なの？」

それが、大丈夫ではなかった。橋本の方が、先に酔っ払ってしまい、その場で眠りこけた。

眼を覚ますと、仲居が、後片付けをしている。


「芸者さんは？」

と、橋本がきくと、

「つい、さっき、帰りましたよ」

仲居は、笑いながら、いう。

「そうか」

と、橋本は、身体を起こしかけて、左手に、例の逸物を握っているのに気付いて、あわてて、テーブルの上に置いた。

仲居が、笑っている。

「それ、菊乃さんが、作ったんでしょう」

「ああ。うまく出来ている」

「お客さんに、評判がいいんですよ。お土産《みやげ》に、持ってお帰りになったらいいわ」

「菊乃さんだが、何かあるのかな？」

「どうしてです？」

「自棄《やけ》みたいに、飲んでたからね」

と、橋本は、いった。

「そうですか。あたしは、何も知りませんけど」

「本当に、知らないの？」

「誰だって、悩みの一つや二つは、あるんじゃありません？」

「そうかね」

「食事、あんまり、召しあがらなかったんですね」

「酒ばかり、飲んでいたんでね」

「じゃあ、夜食に、おにぎりでも作っておきますよ。お腹が空《す》くでしょうから」

「ありがとう。風呂に入って来る」

と、橋本は、立ち上った。

酔いが醒めてきて、ぞくぞくしてきている。

橋本は手拭を持ち廊下に出ると、浴室へ向って歩いて行った。


廊下は、しんしんと寒い。何処かの部屋でカラオケが始まっているらしく、ちょっと酔った演歌が聞こえてくる。やたらに、こぶしの利いた男の声だ。上手《うま》いので、かえって、わびしく聞こえる。

浴室に、客の姿はなく、橋本がひとりで、ゆっくりと、浸ることが出来た。

眼を閉じていると、時々、屋根に積った雪が、それ自体の重さに堪えかねたように、鈍い音を立てて落ちて来るのが、聞こえてくる。

雪国に来ているのだという実感が、伝わって来る。

あと、二、三日、ここにいて、菊乃について、聞き込みをやり、もう一度、彼女に会えば、何とか調査報告書は、書けるだろう。

橋本が、部屋に戻ってすぐ、帰った筈の芸者

のまいかが、ひょいと顔を出して、

「菊乃姐さん、ここに来ませんでした？」

と、きいた。

「一緒に、帰ったんじゃないの？」

と、橋本が、いうと、

「ロビーで、迎えの車が来るのを、待つことになってたんですけど、お姐さんが、来ないんです」

まいかが、困惑した顔で、いう。

「先に帰ったんじゃないのか？　ここから、そう遠くないところに、置屋さんは、あるんだろう？」

「歩いて、十五、六分」

「それなら、酔いを醒ましながら、歩いて帰ったのかも知れないよ」

「それならいいんですけど、今、電話したら、まだ帰ってないっていうの。だから、ひょっとして、ここに、来てるんじゃないかと思って。すいません」

と、まいかは、いう。

「別に、謝らなくてもいいさ。菊乃さんは、恋人でもいて、その人のところに、寄ってるんじゃないのかな？」

橋本は、つい、職業意識が働いて、きいた。

「恋人ですか？」

「東京の大学生の恋人がいるって、聞いたんだけどね」

と、橋本が、いうと、まいかは、急に、眉を寄せて、

「そんな人は、いないと思います」

と、きっぱりとした口調で、いった。

橋本を非難している感じだったので、あわて

て、

「いや。ごめん。菊乃さんは、ミス駒子になったくらいの美人だから、きっと、恋人ぐらいいるだろうと思ってね」

「大学生の恋人なんかいません」

まいかは、また、変に切り口上でいうと、

「失礼します」

と、いって、帰って行った。

橋本は、ぶぜんとした気持で、まいかが消えた部屋の出口の方を見守った。

なぜ、急に、まいかが怒ったのか、わからなかった。それも、まるで、自分のことのように怒ったのが、不可思議だったのだ。

腕時計を見ると、もう十一時近い。テーブルの上に、仲居が作っておいてくれた焼きおにぎりが、のっている。

不思議に、食欲がわかず、橋本は、冷蔵庫からビールを取り出して、また飲み始めた。

所在なさに、菊乃が作ってくれた、タオルの逸物を見る。自然に、苦笑が浮んでくる。

調査報告書に、このことを書いたら、依頼主の、あの母親は、どんな顔をするだろう？

橋本が、そんなことを考えたとき、がらりと襖《ふすま》が開いて、

「豊ちゃん、いる？」

と、女の声が、いった。

今度は、菊乃が入って来て、少し酔った声で、

「ああ、いた」

「今、まいかちゃんが、君を探しに来たよ」

「しょうがないな。あたしは、彼女を探してるんだ」

と、怒ったように、いい、橋本の傍に座ると、

「のどが渇いちゃった。一杯、飲ませて」

「それはいいが、まいかちゃんは、迎えの車を待ってたのに、君が来なかったって、心配してたよ」

橋本は、コップに、ビールを注いでやってから、菊乃に、いった。

彼女は、それを、いっきに、飲み干して、

「彼女、最近、おかしいの」

「おかしいって?」

「今日は、迎えの車は来ないから、勝手に帰ることになってたのよ。ちゃんと聞いてなかったんだわ」

「そうなの」

「最近、あの娘《こ》、集中力が、無くなってるの」

「恋でもしてるのかな?」

「芸者になって、まだ、一月なのよ。恋なんて、してる暇はない筈だわ」

と、菊乃は、いう。

橋本は、笑って、

「君だって、芸者になって、まだ、一年ぐらいなんだろう? 似たようなものだ」

と、いうと、菊乃は、

「ぜんぜん違うわ。彼女は、まだ、子供みたいなものだけど、あたしは、もう大人」

「一年たつと、大人になるということか?」

「ええ」

「君だって、一年前は、同じように、純情で、子供っぽかったんじゃないのか?」

「そんな昔のことは、忘れたわ」

と、菊乃は、いい、急に、立ち上って、

「もう、彼女も帰ってると思うわ。ごちそうさまでした」

「明日も、呼んだら、来てくれるかな？」

と、橋本は、きいた。

「明日は、駄目」

「じゃあ、明後日は？」

「どうして、続けて、呼んでくれるの？」

「君が、気に入ったんだ」

「そう。ありがとう」

菊乃が、妙に、そっけなく応えて、姿を消すと、橋本は、所在なくなってテレビをつけた。

今日、最後のニュースが、始まり、地方版になった。

とたんに、画面に、見覚えのある男の顔が出て来て、橋本を驚かせた。

資料館や、ゲレンデで会った、ひげ面の中年男である。写真の下に、「神崎秀男」と、テロップで名前がでた。

〈今日の午後十時頃、湯沢町の飲食街の裏で、倒れている男の人が発見され、すぐ、救急車で、R病院に運ばれました。この人は、持っていた運転免許証から、神崎秀男さん四十九歳と判明しました。神崎さんは、湯沢の生れで、十年前に、上京し、東京で働いていましたが、十年振りに、湯沢に帰って来て、三日前から、仕事を探していたといわれています。警察が調べたところ、背中に、刺し傷があり、酔ってケンカをし、刺されたのではないかと、傷害事件の疑いで捜査しています〉

と、アナウンサーは、いう。

橋本も、東京の生れではない。生れたのは、東北の山形である。文字通り青雲の志を抱いて、上京したのだ。

多分、この写真の神崎という男も、同じなのだと思った。

ジャンパーに、ゴム長という恰好、それに、不満をむき出しにしたような表情から見て、東京で成功して、故郷に錦《にしき》を飾ったとは、とても思えない。

多分、東京という大都会に叩きのめされて、故郷に、救いを求めて、帰って来たのだろう。

（そして、故郷で職探しか）

それも、三日目も、職探しをしていたらしい。故郷も、彼にとって、優しくはなかったのだろう。

だから、自棄酒《やけざけ》をあおって、けんかをして、刺されたのか。

橋本にとって、他人事《ひとごと》とは思えなかった。橋本も、挫折している。それも、刑務所に放り込まれたのである。

出所したあと、彼も、故郷の山形に帰ろうかと思った瞬間がある。思いとどまったのは、多分、故郷も、温かくは、受け入れてくれないと思ったからである。

翌朝、朝食の時に、橋本が、神崎という男のことを口にすると、仲居は、

「菊乃さんも、大変ですよ」

という。

「何で、彼女が、大変なの？」

「お客さん、ご存知ないんですか？」

「ああ、何も知らないよ」

「あの神崎さんって、菊乃さんのお父さんなんですよ」

と、仲居が、声をひそめるようにして、いっ

た。

「父親か」

「酒呑みで、浮気者で、菊乃さんの母親は、ずいぶん、苦労したみたいですよ。十年前に、離婚して、神崎さんが、東京へ行ってしまって、ほっとしてたんじゃないんですかね」

「それが、十年ぶりに、帰って来たのか」

「また、よりを戻そうとしているみたいなことを、聞きましたよ。それも、金目当てなんですよ。何しろ、借金を作って東京から逃げ帰って来たそうですからねえ」

と、仲居は、腹立たしげに、いった。

「君も、神崎という男のことを、よく知ってるの？」

と、橋本は、きいた。

「ええ。あたしは、ここの生れだから、よく知ってますよ。大酒呑みで、女癖が悪くて、評判の人でしたよ」

と、仲居は、いう。

「そんな男と、どうして、菊乃さんの母親は、一緒になったんだろう？」

と、橋本がきくと、仲居は、笑って、

「蓼《たで》食う虫もっていうじゃありませんか。それに、神崎さん、職人としての腕はあったから、そこに、惚れたんじゃないんですか？」

「職人って、何をやってたの？」

「庭師さんですよ」

「植木の手入れなんかする？　それなら、今だって、需要があるんじゃないのかね？」

「でも、ああいう仕事は、信用が第一ですからねえ。十年も、ごぶさたしていて、急に帰って来たって、おいそれと、仕事があるもんですか」

と、仲居は、いう。

「それで、酒を飲んで、ケンカをして、刺されたのかな？」

「そう思います。昔から、気に入らないことがあると、誰彼の見境いなく、ケンカを売る人でしたから」

「十年たっても、その癖は治らなかったというわけか」

「当人は、それでもいいでしょうけど、菊乃さんは、何といっても、血のつながりがあるんだから、今度のことを、どう思っているのかと思って」

「今どきの娘だから、あっけらかんとしてるんじゃないの」

「そうでしょうかねえ」

「菊乃さんの母親も、芸者だったの？」

「ええ。清乃といって、きれいな芸者さんでしたよ」

と、仲居は、いった。

「今は、再婚してるのかな？」

と、橋本が、きくと、

「いいえ。もう、結婚は、こりごりだと、いっていますよ」

という返事が、戻ってきた。

テレビの続報では、神崎秀男の、意識不明が続いているが、病院は、着実に回復に向っていると、伝えた。

県警は、傷害事件として引き続き捜査を進めているともいった。

第二章　酒と唄と

1

昼少し前に、東京から、電話が入った。依頼主の長谷川章子からだった。

「透が、いなくなったんです」

と、章子が、いきなり、甲高《かん》い声で、いった。

「まだ、春休み中だから、友だちと、旅行に出かけたんじゃありませんか?」

橋本が、いうと、章子は、

「きっと、あの芸者に呼び出されたんですわ」

「何か、証拠でもあるんですか?」

橋本は、半信半疑で、きいた。

「銀行の人にきいたら、あの子が、五百万円もおろしたというんです。きっと、あの芸者に頼まれて、出かけたんですよ。それ持って、出かけたんですよ。きっと、あの芸者に頼まれて、出かけたお金を、持って行ったに違いありませんわ」

章子は、決めつけるように、いった。

「三月一日の雪まつりの時も、息子さんは、この湯沢に来たんでしょう?」

「ええ。でも、その時は、ちゃんと、私や主人に行き先を言って、出かけたんですよ。今日は、黙って、いなくなったんですよ。きっと、お金のことがあるから、黙って、出かけたんだと思いますわ」

「息子さんは、今日の何時頃、出かけたんですか？」

「朝八時に、二階に起こしに行ったら、もう、いませんでした。車もありませんでしたから、車で、出かけたんですわ」

「どんな車ですか？」

「背の高い、今はやりの車ですけど」

「四輪駆動――ですか？」

「ええ。今年、買った車で、三菱の何とかいう」

「パジェロ――？」

「ええ」

「色と、ナンバーを教えといて下さい」

「色は確か、白とブルーのツートンで、ナンバーは――です」

「それで、息子さんが、こちらに着いたら、どうして欲しいんですか？」

と、橋本は、きいた。

「菊乃という芸者に、欺《だま》されているに決っているんです。だから、何とか、東京に連れて帰って下さい。お礼は、差しあげます」

と、章子は、いう。

「しかし、欺されているかどうかは、まだ、わからないでしょう？」

橋本は、相手の決めつけるいい方に、多少、腹立しくなって、いってみた。

「うちの透は、まだ、大学生ですよ」

と、章子は、いう。

「しかし、もう二十一歳でしょう？」

「でも、大学生です。そんな透に、お金、それも、大金を、持って来いというなんて、欺しているに決っているじゃありませんか。そんな女と、つき合わせるわけにはいきません。だから、すぐ、連れて帰って下さい」

「彼女の調査は、どうしますか?」

と、橋本は、きいた。

「もう、いいです。どんな女性か、わかりましたから」

と、章子は、いう。

「頂いた調査費は、まだ、だいぶ残っていますが」

「差しあげます。それに、連れて帰って下さったら、今、申しあげたように、お礼も」

と、章子は、いった。

2

面倒なことになったなと、橋本は、思った。

人間について、調べて、調査報告書を作成するのは、楽しい仕事だ。その相手が、菊乃のような、若い美人なら、なおさらである。

彼女が、男を平気で欺す悪女なら、それはそれで楽しいと、思ったりしていたのだが、二十一歳の大学生を見つけて、連れて帰るのは、面白くも何ともない作業だった。

第一、もういい大人だ。女に欺されたっていいではないか。それで学ぶことは、大学なんかで学ぶことより、何倍も、人生の役に立つだろう。

橋本は、そんなセリフを、長谷川章子に、ぶつけてやりたかったが、仕事となれば、そうもいかなかった。

次の仕事が、あるという保証はどこにもないから、金は、欲しい。大学生の息子を、五百万と一緒に、連れ帰れば、溺愛している両親、特に母親だから、少くとも、百万は、払ってくれるだろう。

長谷川透という大学生は、写真を見ているから、顔は、知っている。背の高い、現代風な顔だ。成績がいい学生だが、身体も鍛えたいと、趣味で、ボクシングをやっているらしい。まあ、いうことをきかなければ、殴りつけて、連れ帰ることも、出来るだろう。趣味のボクシングと、生死をかけた実体験では、負ける筈がないからだ。

橋本は、昼食をとりに、ゴム長を借りて、外出した。

旅館の近くに、手打そばの美味《うま》い店があるときいて出かけたのだが、観光案内に出ているせいか、スキーウエアの若者で、混んでいた。

ここで昼食をとってから、スキー場へ行くのか、それとも、昼食に、ゲレンデから降りて来たのか。

近くの駐車場は、四輪駆動の車や、チェーンをまいた車で、満車だった。その中に、三菱パジェロを見つけたが、ナンバーが、違っていた。

店に入り、空いた席を探していると、奥の方で、手をあげている若い女がいた。

芸者のまいかだった。

男もののブルゾンに、真っ赤なマフラーという恰好でいると、やはり十代の娘に見える。

橋本が、そこのテーブルに行って、腰を下ろすと、

「鴨南ばんが、ここのおすすめ」

と、教えてくれた。

橋本は、教えられた通りに注文してから、

「菊乃さんは、大変だったね。別れたお父さんが、刺されたりして」

と、いうと、まいかは、きっとした顔になっ

て、

「それ、誰に聞いたんですか？」

「旅館の仲居さんだけど――」

「おしゃべり！」

と、まいかは、吐き捨てるようにいうと、

「そんな話を信じちゃ駄目！」

「しかし、別れたお父さんということは、本当なんだろう？」

橋本が、重ねていうと、まいかは、

「菊乃姐さんには、何もいわないで」

と、いい残して、店を出て行った。

まいかが、座っていた椅子に、折りたたんだ新聞が、残っていた。

橋本は、運ばれてきた鴨南ばんを食べながら、その新聞を広げた。旅館で見た朝刊は、全国紙だったが、こちらは、地元の新聞なので、神崎のことが、より詳しくのっていた。

当然、庭師だった神崎が、その頃、芸者として出ていた菊乃の母親と一緒になり、女の子が生れたことも、書かれている。

〈神崎さんは、庭師としての腕は一流だったが、短気で、ケンカ早く、その上、バクチ好きだったので、清乃さん（菊乃さんの母親）は、ずいぶん苦労したという。

結婚して十年を迎える頃になると、神崎さんは、酒で、仕事をしくじることが多くなり、そうなると、ますます、神崎さんは、酒と、バクチに溺れ、清乃さんを殴ることも多くなった。

娘の菊乃さんが、十歳の時、二人の離婚が成立し、神崎さんは、故郷を捨てて、上京した。神崎さんとしては、一旗あげるつもりだったと思われるが、東京で、神崎さんが、どんな仕事をしていたか、どんな生活をしていたのか、今のところ不明である。上京するとき、若い女が一緒だったという話もあるが、これも、確認されていない。その神崎さんが、十年ぶりに、帰郷したが、帰郷して三日目に、何者かに刺され、重傷を負ったことで、さまざまな憶測が生れている。

　当夜、神崎さんは、バー「ひろみ」で、飲んでおり、その時、ケンカでもして、店を出たあと刺されたのではないかといわれたが、その店では、ケンカはなかったことが、確認された。湯沢に帰った神崎さんが、借金があって、金に困っていたという話もあり、そうだとすると、神崎さんが、東京にいた時のことが原因で、刺された可能性もあると、警察は見ているらしい〉

　と、新聞は、書き、事件の夜、神崎が飲んだ店「ひろみ」のママの談話も、のっていた。

「神崎さんとは、彼が、この町で、庭師をやってた頃からの知り合いなの。ずいぶん、お金に困ってるらしくて、あたしにも、十万でもいいから、頼むよといわれたわ。あたしだって、困ってるんだからって、断ったけど」

　と、ママは、話していた。

　橋本は、旅館の仲居の言葉を思い出した。神崎が、菊乃の母親と、よりを戻したがっているという言葉である。神崎が、金に困っているとなると、その話が、真実味を、帯びてくる。

　そばを食べ終ってから、橋本は、煙草を咥え、しばらく、考え込んでいた。

　神崎は、まだ、よく知らない男だし、彼が、何をしようと、刺されようと、自分には関係がない。

それなのに、気になるのは、なぜなのだろうか？

昔、刑事だった頃の思い出みたいなものが、根強く残っていて、事件だというと、どうしても気になってしまうのか。

それとも、神崎が、というより、本当は、菊乃のことが、気になっているのだろうか。

そう考えたとき、軽い狼狽《ろうばい》が、橋本を、襲った。

新しい客が、グループで入って来たのを機会《しお》に、橋本は、新聞を丸めてポケットに入れて、立ち上った。

3

店を出たところで、「さて、どうしたものか」と、橋本は、自問した。

長谷川透を見つけて、東京へ連れて帰らなければならないのだが、

「ゆっくりやろう」

と、自分に、いいきかせた。

別に、五百万持って、菊乃に会いに来る若者に同情したわけではなかった。

明日の晩、菊乃を、呼ぶことになっている。もう一度、彼女に会ってみたいという、勝手な気持である。

橋本は、旅館に戻ると、喫茶室で、コーヒーを頼み、備えつけの観光案内に、眼を通した。

川端康成が、『雪国』を書くために泊った旅

館のことも、のっている。旅館の前の急な坂道を、駒子が、雪に足をとられながら、懸命に、登って来たのだろう。

橋本が、昼食を食べたそば屋のことも、のっている。戦前からあった店で、川端康成も、立ち寄ったことがあるという。

橋本が、そんな記事に眼を通していると、隣りのフロントで、

「花乃屋は、今日は、休みなの？」

と、女将にきく男の声が聞こえた。

橋本が、眼をあげて、フロントに眼をやったのは、花乃屋が、菊乃と、まいかのいる置屋の名前だったからである。

「休みじゃないと思いますけど」

と、女将が、いっている。

「でも、電話をかけても、誰も出ないんだ」

と、男が、いう。

（長谷川透じゃないか？）

と、橋本は、その男を、見つめた。

よく似ている。どうやら、この旅館に泊って、菊乃と会うつもりらしかった。

橋本が、喫茶室でコーヒーを飲んでいる時に、東京から着いたらしい。

なぜだかわからないが、その時、

（飛んで火に入る夏の虫）

という俗っぽい言葉が頭に浮かんだが、同時に、

（面倒くさいことになりそうだ）

という、嫌な予感も覚えた。

長谷川透を、東京に連れて戻ることは、心に決めている。

ただ、折角、越後湯沢に来たのだから、二、

三日は、ゆっくり温泉に入り、菊乃と酒を飲んでから、東京に帰りたいと、思っていたのである。

それなのに、長谷川透が、同じ旅館に、泊ってしまった。相手が、眼の前にいるのに、それを、無視して、二、三日、遊んでいられるだろうか。

橋本は、嘘をつくのが下手というか、苦手である。だから、今日にも、長谷川章子から電話があって、透は見つかったかときかれたら、嘘をつけずに、見つけたといってしまうのではないか。そうなると、当然、相手は、すぐ、連れて帰ってくれというだろう。

(そうなると、ゆっくり湯沢を楽しむことも出来ないな)

と、思ってしまうのだ。

「じゃあ、今夜、花乃屋の菊乃さんを、呼んでくれないか」

透が、女将に、いっている。

「今日は、他にお座敷があって、駄目な筈ですよ」

と、女将が、答える。

「じゃあ、明日」

と、透は、若者らしい性急さで、きく。

「明日も、駄目だと思いますよ」

と、いって、女将は、ちらりと、橋本を見た。橋本が、明日、菊乃を呼んでいることを、知っているからだ。

橋本は、素知らぬ顔で、観光案内に眼をやったが、つい、耳をそばだててしまう。

「何とかならないかな?」

と、粘る透の声が聞こえる。

「明日ですけど、時間は、いつでもいいんですか？」

女将が、きいている。

「そりゃあ、夕食の時に、来てくれればいいけど」

「六時から、九時まで、確か、お座敷があるときいてますけど、そのあと、来てくれるかどうかきいてみましょうか？」

「ああ。きいてみて。それにしても、どうして、誰も、電話に出ないのかな？　女将さんは、何か知ってない？」

と、透がきく。

「きっと、留守なんですよ」

「誰もいないっていうの？」

「そういうこともありますから」

と、女将は、いった。

「ちょっと、行ってみる」

透は、いって、外に出て行った。

それを見送ってから、橋本は、フロントに行き、

「どういうことなの？」

と、女将に、きいた。

「何のことですか？」

「今、花乃屋に電話しても、誰も出ないって、いってたじゃないか。この時間に、みんないないなんて、信じられないけどね。神崎という人が、原因じゃないの？」

と、橋本は、きいた。

「どういうことでしょう？」

「彼は、もと清乃さんの旦那で、菊乃さんの父親だ。その神崎さんが、刺されて重体だ。警察が、犯人を探している。当然、新聞記者たちが、

話をきこうとして押しかける。それが喧《やかま》しくて、居留守を使ってるんじゃないかと思ってね」

と、橋本は、いった。

「私は、何も存じませんけど」

と、女将は、いって、帳簿に眼を落した。

4

橋本は、夕食まで、まだ、だいぶ時間があるので、もう一度、散歩に出た。

風は冷たいが、西陽が当っている。

置屋の花乃屋に行ってみる気になって、煙草を咥えて、歩き出した。

歩いて、十五、六分で、花乃屋に着いた。昔風の格子戸のついた造りで、抱えの芸者の名前が、表に出ている。

近くに、ツートンカラーの三菱パジェロが、とまっていた。運転席にいる透は、腕をこまねいて、じっと花乃屋を、見つめている。

多分、いくら呼んでも、誰の返事もないので、辛抱強く、見張っているのだろう。菊乃が出て来たらと、思っているに違いない。

橋本は、しばらく、透の様子を見ていたが、車に近づいて、フロントガラスを、叩いた。

透が、びっくりした顔で、橋本を見た。

ウィンドウを開けて、

「何です?」

と、透が、きく。

「君は、いろは旅館に泊ってるんだろう?」

「そうだけど」

「じゃあ、送ってくれないかな。僕も、あそこに泊ってるんだが、散歩していて、滑って、転んでさ。歩くのが、しんどいんだ」

と、橋本は、いった。

「でも、僕は、ちょっと、用があって」

と、透が、いう。

「用って、そこの花乃屋にだろう?」

「ええ」

「僕が、花乃屋のことなら、旅館に帰ってから話してやるよ」

「でも――」

「ここにいても、多分、菊乃さんは、出て来ないよ」

「どうして、わかるんですか?」

「それも、旅館に帰って、話してあげる」

と、橋本は、いった。

「じゃあ、乗って下さい」

と、透が、いった。

橋本が、助手席に乗り込んだ。それでも、まだ、透は、未練がましく、置屋の方に眼をやっていたが、

「行こう」

と、橋本が、促すと、やっと、エンジンをかけた。

旅館に戻ると、透は、

「話して下さい」

と、せっつくようにいう。

「まあ、コーヒーでも飲みながら、話そう」

と、橋本は、いい、自分から、喫茶室に入って行った。

コーヒーが、運ばれて来ると、それを前に置いて、橋本は、煙草に、火をつけてから、

「君は、今日、着いたんだね?」

「二時頃、着いたんです」

「じゃあ、昨夜の事件は知らないな」

「菊乃さんに、何かあったんですか？」

透が、眼を大きく開けて、きく。菊乃に対する感情が、あからさまに出ていて、

（若いんだな）

と、橋本は、苦笑し、苦笑しながら、羨ましい気もした。

「彼女は、大丈夫だよ。神崎という男が、昨夜、刺されて、重傷だ。今、警察が、犯人を探している」

「それと、菊乃さんが、どんな関係が？」

「この神崎という人は、菊乃さんの父親なんだ。十年前に、彼女と母親を捨てて、東京に行ったが、十年ぶりに帰って来て、刺された」

「菊乃さんが、疑われてるんですか？」

「それはないだろうが、いろいろと、母親と一緒に、事情を聞かれるだろうし、新聞記者が追いかけているのかも知れない」

「そういえば、二人の男が、あの家を、のぞき込んでいましたよ」

「新聞記者だよ。きっと」

と、橋本は、いい、透の表情を窺いながら、コーヒーカップを、口に持っていった。

「あなたは、菊乃さんと、どんな知り合いなんですか？」

と、透が、きいた。

「どんなでもないよ。昨日、初めて、湯沢へ来て、芸者を呼んだら、たまたま、菊乃という娘《こ》が来たんだよ。そして、テレビや新聞で、彼女の父親が、刺されて重体だって報道されていたんで、びっくりしたんだよ」

と、橋本は、いった。

「彼女、きれいでしょう？」

「そうだね。君は、前から、彼女を、知ってるみたいだね？」

と、橋本は、どんな返事をするだろうかと思って、きいてみた。

「去年、友だちと、スキーに来たとき、ここで、雪まつりがあって、彼女が、ミス駒子に選ばれたんです。芸者になったばかりで、すごく、ういういしくて、可愛くて――」

「なるほど。それで、好きになった？」

「まあ、そんなところです」

「じゃあ、彼女のことを心配するのは、無理もないな」

と、橋本は、いった。

それにしても、透は、なぜ、五百万もの大金を持って、あわてて、湯沢に来たのだろうか。菊乃が、どうしても、五百万要《い》ると、透に、電話でもかけたのか。もし、そうだとしたら、金が要る理由は、神崎のせいだろうか。

橋本が、そんなことを考えて、黙っていると、

「どうしたんですか？」

と、透が、きいた。

「なに、若いということは、羨ましいと思ってね」

「どうしてです？」

「相手が、芸者でも、好きだから、結婚しようと思っている。その若さがさ」

橋本が、いうと、

「結婚ですか？」

「そうじゃないの？」

「そりゃあ、将来、結婚するかも知れないけど、僕は、まだ、大学生です」

「じゃあ、菊乃さんを、どうしたいの？　第三

者の僕がいうのは、余計なお世話かも知れないが」

「僕は、彼女が好きなんです。気に入ってます」

「それは、そうだと思うよ」

「だから、僕は、彼女を、僕だけのものにしたいんですよ。今のように、芸者をしていては、僕以外の人間にだって、笑顔を振りまかなきゃならないし、嫌な男にだって、愛想をいわなきゃならない。だから、芸者を、やめさせたいんです」

と、透は、いう。

「つまり、独占したいわけだ」

「ええ」

「それなら、結婚するのが、一番いいんじゃないかな。正式に結婚すれば、君が、独占できるし、誰も、文句はいわないよ」

と、橋本は、いった。

「今もいったように、将来は、結婚するかも知れません。ただ、大学生だから、今すぐに、出来ません」

「なぜ？」

と、橋本が、きくと、透は、困惑した顔になって、

「だから、僕が、まだ、大学生だから」

「学生結婚だっていいし、どうしても、一緒になりたい人なら、大学をやめたって、いいじゃないか」

橋本は、腹が立ってきて、つい、強い調子で、いった。が、透は、橋本の言葉が、理解できないという顔で、

「僕には、僕の人生設計があるんです」

「どんな人生設計があるんだ？」

「僕は、多分、五番以内の成績で、あと一年で大学を卒業すると思っています。国家公務員試験を受ければ、上位で、合格する自信があります。そうなれば、大蔵省に採用される。キャリアなら、二十九歳で、地方の税務署長にはなれます。生活が安定します。そうなってから、結婚するのが、一番いいと思っているんです」

「役人が、好きなのか？」

「おやじは、いわゆる大企業の幹部ですが、どんな大企業でも将来、どうなるか、不透明です。その点、官僚は、いつの時代にも、必要です」

「しかし、役人は、今、イメージが、悪いんじゃないの？」

「もちろん、官僚だって、淘汰されるとは、思いますよ。しかし、優秀な官僚は、どんな時代でも、必要です」

「君は、優秀な官僚になる自信があるわけだ？」

「もちろん、あります。ただ、そのためには、今が、大事なんです」

「それで、君は、具体的に、菊乃さんに、どうして貰いたいんだ？」

と、橋本は、きいた。

「まず、芸者をやめて欲しい。東京に出て来て、普通の生活をして貰いたいんです」

「普通の生活って？」

「例えば、ＯＬでもいいんです。おやじの会社なら、何とか、コネで、入れるかも知れません」

「そして、君とだけ、つき合うわけか？」

「悪いことじゃないと思います。今は、芸者だって、自由に、やめられるんでしょう？」

「だろうね。僕も、よく知らないが、法律的には、自由でも、借金があったりするんじゃないかね」

と、橋本が、いうと、透は、頷いて、

「だから、僕は、必要と思われるお金を用意して来たんです」

と、微笑した。

(五百万は、その金か)

と、橋本は、ちょっと、はぐらかされた気がしながら、

「君は、川端康成の『雪国』を、読んだかい?」

と、きいた。

「菊乃さんと知り合ってから、彼女が、ミス駒子なので、読みましたよ」

「主人公の島村のことを、どう思う?」

と、橋本は、きいた。

「読んでいて、いらいらしますね。ああいう男は、人生の敗残者でしょう? きちんとした人生設計もないし、あれでは、駒子が、可哀そうです」

「君は、島村とは、違うわけだ」

「違います。島村とは、違います。あなたは、島村みたいな男を、どう思うんですか?」

と、透が、きいた。

「島村は、自分に誠実なのかも知れないと、思うね」

「なぜ、そんな風に思うんです?」

と、透に、きかれて、橋本は、考えたあと、

「多分、僕の方が、君より、長く生きているからだろうね」

と、いった。

5

翌日になっても、新聞の社会面は、神崎のことで、賑わっていた。

スキー客のケンカや、怪我は、起きていても、背中を刺されるような事件は、今年の冬になって、初めてだからだろうが、それに加えて、被害者が、ミス駒子に選ばれた芸者菊乃の、父親だということも、記事が、大きくなる理由であることは、明らかだった。

去年、菊乃が、ミス駒子になった時、彼女を取材した女性週刊誌も、カメラマンと記者が、押しかけてきた。

昼のテレビは、神崎が、ようやく、意識を取り戻したと、報じたし、神崎の東京での十年間の生活についても、断片的に、報道した。

それによると、神崎が、故郷を捨てて、東京に向った時、若い女が一緒だったらしいが、この女のことは、よくわからない。

東京に出た神崎は、造園会社で働き、金を貯めると、三年後、練馬で、ラーメン店を開いた。すぐには成功せず、このラーメン店は、潰れてしまうが、呑み屋をやったあと、有名ラーメン店に、住み込みで働き、技術を修得して、また、ラーメン店を開き、今度は成功する。

上京して、六年目には、従業員五人を使い、あるテレビ番組で紹介された、都内の美味いラーメン店十店の中に入った。

ところが、その頃から、神崎のバクチ好き、酒好き、そして、女好きが、頭をもたげ、浪費が始まった。

ラーメン店を、三店に増やすつもりが、増やすどころか、借金で、潰れかけた。

神崎は、借金をして、店の再建を図ったが、うまくいかない。そして、最後は、サギで、人を欺し、それがばれると、相手に暴力をふるい、逮捕された。

その結果、一年の実刑を受け、服役。

今年の二月に、出所した神崎は、追われるように、東京を離れ、十年ぶりに、故郷の湯沢に帰って来た。

これが、新聞に書かれた、神崎の東京での生活のあらましだった。

これが、全て、正確かどうかは、わからないが、サギと傷害で、刑務所に入ったのは、本当だろう。こういうことで、でたらめは、書かないと、思えるからである。

橋本は、自分が、宮城刑務所に、数年、入っていただけに、神崎に同情した。

(まじめに働けばいいのに――)

と、批判するのは、本当に追い詰められたことのない人間の勝手な言い分だと、思う。

橋本が、犯罪に走ったのと、神崎のケースは、事情が違うが、切羽詰まった事態は、同じだと、思う。追い詰められると、人間は、他に方法がないと、思い込んで、犯罪に走ってしまうのだ。

橋本は、神崎に同情すると同時に、菊乃や、母親も、

(大変だな)

と、思った。

橋本は、出所後、家族とも、親戚とも、自分の方から、絶縁した。そうすべきだと、信じたからである。

神崎は、そこが違うらしい。だから、橋本は、

菊乃たちを、大変だなと、思ってしまう。

　夕食の時、まいかとやって来た菊乃を、橋本は、どうしても、そういう眼で見てしまった。

6

　菊乃は、意外に、元気に見えた。妹分のまいかの方が、不安気な表情をしていた。

　菊乃は、三味線を持って来ていた。

「君は、三味線が弾けるの？」

　と、橋本が、きくと、まいかが、

「お姐さんは、三味線の名手ですよ」

　と、口をとがらせるようにしている。

　菊乃は、笑って、

「名手じゃないけど、小さい時から、母さんに習っていたの」

「一昨日《おととい》は、持って来なかったね」

　橋本が、いうと、菊乃は、調子を、整えながら、

「今のお客さんて、三味線なんか、なかなか聞きたがらないから、遠慮したの」

「じゃあ、今日は、僕が聞きたがると思ったんだ」

「違った？」

　と、菊乃が、橋本を見た。

「そんなことはないさ。三味線は好きだよ」

　と、橋本は、煙草を咥えて、

「何を聞かせてくれるの？」

「何がいいかしら？　リクエストがあったらいって」

　と、菊乃が、いう。

「困ったな。民謡も、都《ど》々《ど》逸《いつ》も、よく知らないんだ」

「じゃあ、あたしの好きな貝殻節を唄ってい

い？」

「貝殻節って、確か、山陰の方の民謡だろう？」

と、橋本が、首をかしげると、菊乃は、

「好きなものは、好きなの」

と、駄々っ子のようにいう。

「わかった。唄ってよ」

と、橋本が、いうと、

「その前に、お酒を飲ませて」

と、菊乃は、コップを、差し出した。橋本が、それに、なみなみと、冷酒を注ぐと、彼女は、いっきに飲み干してから、座り直して、三味線を構えた。

橋本は、柱にもたれるようにして、煙草に火をつけた。

三味線の音が、流れ、少し甲高い菊乃の唄声が、それを追いかける。

〽何の因果で　貝殻漕ぎ習うたァ
(可愛いやなア　可愛いやのオ)
色は黒うなる　身は痩せる
(やさほーい　ほーえやあさア)

橋本は、いつか、眼を閉じて、聞いていた。

菊乃は、このあと、各地の民謡を、次々に、唄っていく。

一曲、唄い終ると、菊乃は、コップ酒を、口に運んだ。

最初のうち、橋本は、楽しくきいていたが、そのうちに、菊乃が、憑《つ》かれたように、唄い続けることに、

「大丈夫なのか？」

と、思わず、声をかけた。

「少し疲れたわ」

と、いって、菊乃は、三味線を置き、ふらりと、立ち上った。

そのまま、「酔いをさましてくるわ」と、部屋を出て行った。

橋本が、心配になって、部屋に残ったまいかに、

「本当に、大丈夫か？」

と、きくと、

「大丈夫よ」

「しかし、少し飲み過ぎたみたいだよ」

「昨日も、同じなの」

「同じって、あんなに唄って、酒を飲んだのか？」

「ええ」

「いつも、こんなんじゃないだろう？」

「ここんとこ急にね。三味線弾いて、唄いまくるの」

と、まいかが、いう。

「まさか、民謡歌手になるつもりじゃないだろうね？」

と、橋本は、笑ったが、まいかは、生真面目《きまじめ》に、

「そんなことはないと思います」

と、いう。

橋本が、新しい煙草に火をつけて、

「それにしても、上手《うま》いね」

と、いったとき、菊乃が戻って来て、

「お客さん。すいません」

と、座り直した。

「時間？」

「ええ。まいかちゃんを置いて行きますから、すいません」

と、頭を下げた。

「次のお座敷だね。構わないよ」

「すいません」

と、菊乃は、また、いい、ふらりと、立ち上った。

「大丈夫ですか？」

「大丈夫ですよォ」

菊乃が、酔った声でいい残して、部屋を出て行った。

橋本は、まいかに、眼をやって、

「菊乃さんの次のお座敷は、大学生の透君か」

と、いった。

「どうして、知ってるんですか？」

まいかが、驚いた顔で、きく。

「透君は、ここに泊っていてね。どうしても、菊乃さんを呼びたいといってるのをきいて、僕が、九時までにしたんだ」

「お客さんたちは、知り合いなんですか？」

「いや、ここで、偶然、知り合っただけさ」

と、橋本は、いった。

「でも、長谷川さんとは、お話をしたんでしょう？」

「ああ。暇だったからね。コーヒーを飲みながら、いろいろ話したよ」

「仲居さんに頼んで、コーヒーを、持って来て貰いましょうか？」

と、まいかが、いった。

「どうして？」

「あたしも、お客さんと、コーヒーを飲みながら、いろいろと、お話したいんです。いいでしょう？」

と、まいかが、きく。

橋本は、ちょっと考えてから、「いいよ」と肯いた。

7

芸者と、コーヒーを飲むのも悪くはないと橋本は、思った。芸者になって、一ヵ月というまいか自体、何だか、酒より、コーヒーの方が、似合っている気もするのだ。

「まいかちゃんは、人を好きになったことがあるの？」

と、橋本が、きくと、眼をきらりと光らせて、

「そりゃあ、ありますよォ」

と、いった。

「菊乃さんは、どうなんだろう？」

「どうして、そんなことをきくんですか？」

「きれいな芸者さんだから。大学生の透君が、目下の恋人じゃないのかな？　一昨日《おととい》は、君は、否定したけど」

と、橋本は、きいた。

まいかは、一瞬、間をおいてから、

「菊乃姐さん、今、悩んでると思う」

「どうして？」

「菊乃姐さん、芸者が好きなんです。立派な芸者になりたいって、よくいってるんです」

「いや、もう立派な芸者だよ。まだ、一年しかたっていないなんて、とても思えないよ」

と、橋本が、いうと、まいかは、笑った。

「タオルで、あんなもの作ったからですか？」

「いや。態度がさ。堂々としているもの」

「堂々としてるなんて、菊乃姐さん、ちっとも、喜ばないと思うわ」

「そうかね」

「可愛らしいと、いってあげて。お姐さん、そういわれるのが好きなの」

「いいよ。とにかく、立派な芸者だよ」

「でも、普通の恋もしたいの」

と、まいかは、いう。

「普通の恋ね。東京の大学生と、二十歳の娘の恋か」

「でも、菊乃姐さんは、芸者で、三味線も弾けるし、歌も唄える。何よりも、芸者が好きなの。ただ、一人娘だし――」

「何となく、わかって来たよ」

と、橋本は、いった。

「何が？」

まいかが、きく。

「菊乃さんが、ひたすら、三味線を弾いて、民謡を唄い続けたわけがさ」

と、橋本は、いった。

「本当に、わかった？」

「透君の前でも、菊乃さんは、三味線を弾いて、唄うつもりだと思うよ」

「ええ。多分」

「彼女は、そうすることで、あたしは芸者なんだ。やめられないんだということを、相手に、わかって欲しいんじゃないかな」

「――」

「それを、あの大学生が、わかってくれるかな？」

と、橋本は、いった。

「可哀そう」

と、ふいに、まいかが、呟いた。

「菊乃さんが？」

「最初は、幸福そうな顔をしてたの。それが、だんだん、辛そうな顔になって来たから」

「大学生に会うのが？」

「うん。あたしの気のせいならいいんだけど」

と、まいかは、声を落して、いった。

「あの大学生は、子供だからな」

と、橋本は、いった。

「そうかも知れないわ」

「菊乃さんには、他にも、悩みがあるだろう。そういうことも、ちゃんと考えてあげるのが、大人の愛情というものなんだがね」

「他の悩みって？」

「別れた父親のことさ。刺されて、重体になっている」

「菊乃姐さんが、やったんじゃないわ」

「そんなことは考えてないが、血のつながりというやつは、どうしようもないからね。切りたくても、切れない――」

と、橋本は、呟いた。

橋本にも、東北の小さな町に、まだ、両親が健在である。

彼は、恋人が、レイプされ、死亡したことへの復讐をした。そのことに、今も、後悔はないし、刑務所での何年かを、勿体ないとも思わない。

ただ、両親のことを考えると、辛いのだ。

古い田舎町に住む両親にとって、一人息子が、犯罪者として、刑務所に入ったことが、どれだけのショックだったか、想像するに余りある。

今なら、両親は、まだ、彼を迎え入れてくれるだろうが、橋本は、まだ、一度も、郷里に帰っていない。自分を甘えさせてしまうのが、怖いからだった。

菊乃が、神崎のことを、どう思っているのか、立場が逆なだけに、橋本は、かえって、知りたい気がする。

ふいに、廊下の方で、誰かを、ののしるような若い女の声が聞こえた。

「菊乃さんじゃないか？」

と、橋本が、いうと、まいかは、あわてて、立ち上って、

「見て来ます。心配だから」

と、いう。橋本は、笑って、

「男と女のケンカに、割って入るなんて、バカを見るだけだよ」

「でも、菊乃姐さんは、気性が激しいから」

と、まいかは、いって、部屋を飛び出して行った。

橋本は、やれやれと思い、吸殻で一杯になった灰皿を押しやり、新しい灰皿を、足を伸して、引き寄せた。

一本だけ残った煙草に、火をつける。

まいかは、なかなか、戻って来なかった。

煙草が灰になって、橋本は、仕方なく、立ち上った。どうしても、まだ、煙草が、吸いたかったからである。

フロントの脇に、煙草の自動販売機があった筈だった。

部屋を出て、廊下を歩き出した時、部屋から、うめき声が聞こえた。襖《ふすま》が、少し開いているので、中をのぞくと、テーブルの横に、丹前姿の若い男が、身体を折り曲げて、うめき声をあげているのが見えた。

橋本は、あわてて、中に、飛び込み、男を、抱き起こした。

顔を見ると、長谷川透だった。丹前の上から、背中を刺され、血が、にじみ出している。

橋本は、透に向って、

「すぐ、救急車を呼んでやる」

と、励まし、部屋の電話で、フロントに連絡をとった。

背中の傷は、そう深くはないらしく、出血は、止まりかけている。押入れから、浴衣を取り出し、それを、透の身体に、強く巻きつけて、出血を止めることにした。

透の顔は、青い、というより、白っぽく見える。

「どうしたんだ？」

と、橋本は、透の顔を、のぞき込んだ。

「え？」

という顔をしたが、透は、いやいやをするように、首を小さく、横に振った。何が起きたのかわからないというようにも見え、何もいいたくないといっているようにも見えた。

救急車のサイレンの音が聞こえ、足音が聞こえて、担架を持った二人の救急隊員と、女将が、あがって来た。

8

透は、近くの病院に運ばれた。

付き添って行った女将は、戻って来ると、橋本に、

「傷は浅いので、二、三日で、退院できるそうです」

と、知らせてくれた。

「そりゃあ、よかった」

と、橋本が、いうと、

「何が、あったんです？」

と、女将が、きく。

「彼は、何といってるんです？」

「自分で、刺したって、いってますよ」

「自分で、背中を？」

「ええ。酔って、後に倒れたら、そこに、果物ナイフが、あったんですって」

「信じられないな」

「でも、あのお客さんは、そういっています。何かご存知なら、教えて下さい」

と、女将は、いった。

「僕には、何もわかりませんよ。煙草を買おうと思って、廊下に出たら、あの部屋で、うめき声が聞こえた。見たら、彼が、血を出して、苦しんでいた。それだけのことです」

と、橋本は、いった。

「警察に連絡しないと、いけないでしょうか？」

女将は、不安げに、きいた。

「どうしたらいいかな。救急隊員が、不審に思えば、今頃、警察にも、連絡がいってる筈ですがね」

と、橋本は、いった。

彼が、予想した通り、三十分ほどして、二人の刑事が、話をききにやって来た。

橋本も、透の傍にいたというので、女将と一緒に、刑事たちに、事情をきかれた。

橋本は、県警の刑事に、

「本人が、自分で刺したといってるのなら、その通りなんじゃありませんか。僕が、部屋に入った時も、彼一人しかいませんでしたから」

と、いった。

「背中を刺した果物ナイフは、何処にあるんですか？　一応、調べたいので」

刑事の一人が、いう。

女将は、橋本を見て、

「あの部屋に、ナイフがありました？」

「いや、見なかった」

と、橋本は、いった。

刑事の顔が、急に、険しくなって、

「ナイフが、見つからないというのは、どういうことですか？」

「多分、本人が、捨てたんだと思いますよ」

と、橋本は、いった。

「本人が――？」

「自分で刺したりしたので、恥しいものだから、果物ナイフを、庭にでも、投げ捨てたんじゃないかな。彼は、ボクシングを、練習していると、自慢してましたからね。それが、酔って転んだ拍子に、自分で背中を刺したなんて、恥しかったと思いますよ。だから、庭の池にでも、投げ捨てたんじゃないかな」

と、橋本は、いった。

二人の刑事は、廊下のガラス戸を開け、下駄を突っかけて、中庭にある池を見に行った。懐中電灯で、池を照らして探していたが、一人が、すぐ戻って来て、女将に、

「何か、引っかけるものは、ありませんか」

と、いう。

女将が、大きな熊手を渡すと、刑事たちは、それで、池を浚《さら》っていたが、やがて、果物ナイフを、引き揚げて、戻って来た。

「これに、間違いありませんか？」

と、刑事は、ハンカチの上にのせたナイフを、

女将と、橋本に、見せた。

もう、血は、水にぬれて、消えている。

「ええ。うちで用意した果物ナイフですけど」

と、女将が肯くと、二人の刑事は、果物ナイフを持って、帰って行った。

女将は、大きく、溜息をついて、

「嫌ですよ、警察沙汰は」

と、いった。

「僕が、刺したわけじゃない」

「それは、わかってますけど、ここんとこ、急に、物騒なことがあるもんだから」

と、女将は、いう。

「神崎さんを刺した犯人は、まだ、見つからないみたいですね」

「ええ」

「なぜ、十年もたって、突然、故郷《ふるさと》に帰って来たんですかねえ?」

と、橋本は、きいた。

女将は、お茶をいれてくれてから、

「人間、辛いことがあると、故郷へ、帰って来るものだといいますよ」

「故郷と、別れた女房かな」

と、橋本は、いった。

「お客さんが、やったんですか?」

ふいに、女将が、きいた。

「何のこと?」

「果物ナイフのこと。お客さんが、庭の池に投げ捨てたんですか?」

「僕は、何も知りませんよ」

と、橋本は、いった。

第三章　口　紅

1

長谷川透の傷は、たいしたことはなくて、二、三日で退院できるということだった。

警察は、最初は、勢い込んで捜査していたが、そのうちに、聞き込みにも来なくなった。肝心の被害者が、何も知らない、覚えていないと、繰り返すばかりだからだろう。

事件は、地方紙には、大きくのったが、全国紙には、ごく小さくしかのらなかった。

東京の長谷川章子から、電話がかかってこないところをみると、まだ、気がつかないらしい。透も、両親に、知らせていないのだろう。

いろは旅館も、平静さを取り戻した。

橋本も、東京に帰りそびれてしまった。いや、これは、正確ではないだろう。相ついで、二人の人間が、刺されて負傷したことに、橋本は、興味を持ったというのが、正しいかも知れない。

これは、多分、刑事だった時の癖だろう。

ただ、今は、刑事ではないから、警察手帳を振りかざして、走り廻るわけにはいかないし、じっと旅館に、閉じ籠《こも》っている。

朝食をすませると、することがない。ここ二、三日、ずっとこうだ。

長谷川章子は、息子の透を、連れ帰ってくれといったが、二十歳過ぎの男の首に縄をつけて、引っ張って行くわけにもいかない。それに、彼は刺されて、入院してしまっている。やっと、昨日退院して来たのだが。

そんなことを考えながら、煙草をふかしていると、女将が入って来て、

「お客さんに、現金書留ですよ」

と、封筒を、テーブルに置いた。

このいろは旅館気付で、橋本あてになっている。

長谷川章子が、速達で、送って来たもので、金額は、二十万になっていた。

二十枚の一万円札と一緒に、小さくたたんだ便箋が入っていた。

広げると、細かい字で、息子を一刻も早く東京に連れ戻ってくれと、電話でいったと同じことが、くどくどと、書いてあった。二十万は、そのために、使ってくれとある。

その息子が、怪我をしたのを、やはり、知らないらしい。

橋本は、ありがたいという思いより、金で、自分を縛ろうとするようで、不快感の方が先に走った。

橋本が、浮かない顔でいると、女将が、

「退屈なんでしょう？　スキーに行ってらっしゃったらどうです？」

と、声をかけた。

「何の用意もしてこなかったからね」

「ガーラに行けば、何でも貸してくれますよ」

「ああ、あのガーラね」

「スキーウエアは、弟のがあるから、貸してさしあげますよ。丁度、背恰好が、同じくらいだ

から」

女将は、橋本の身体つきを、計るような眼をした。

「スキーは、大学時代に、何回かやっただけだから——」

行こうか行くまいか、迷った顔で、いった。

身体を動かしてみたい。せっかく、湯沢に来たのだからと思う一方で、面倒くさいという気が生れるのは、三十歳に近くなったせいだろうか？　二十歳の頃は、カゼ気味でも、さっさと、ゲレンデへ飛び出して行ったろう。

そんな気持を、察したように、女将は、

「若い男が、何ですねえ。さあ、腰を上げて」

と、いった。

「もう、若くはないんだ」

橋本が、苦笑するのへ、女将は、彼の手を引っ張るようにして、

「スキーに行ってらっしゃる間に、部屋を掃除しておきますよ」

「追い出されるのか」

「ええ。追い出しますよ」

と、女将は、いい、どんどん、弟のものだというスキーウエアを持って来て、着せ始めた。

「長谷川君は？　昨日、退院したんだったね」

と、橋本が、きいた。

「朝早く、元気に、滑りに行きましたよ」

「若いねえ。ひとりで行ったの？」

「ええ。でも、向うで、誰かさんと、デイトみたいですよ。妙に、はしゃいでいたから」

と、女将が、笑う。

「芸者も、スキーをするのかな？」

「若い芸者さんは、うまいですよ」

と、女将にいわれて、橋本は、急に、ゲレンデに行ってみたくなった。

女将の貸してくれたスキーウエアは、橋本に、ぴったりしていた。

腕を動かしてみながら、

「弟さんは、今、東京？」

と、きくと、女将は、それには答えずに、

「さあ、行ってらっしゃい」

と、橋本の背中を叩いた。

旅館の車で、他の泊り客二人と、橋本は、ガーラ湯沢まで、送って貰った。

中に入って、スキーと、靴を借りる。あらゆるサイズのものが用意されているのが、有難かった。

ゴンドラに乗って、ゲレンデに向う。

終点にも、若者向きのレストランがあって、色とりどりの若者たちで、賑わっていた。

その建物を出ると、そこは、もう一面の銀世界だった。

リフトに乗る者もいれば、山頂から滑りおりてくる者もいる。

橋本は、最初、恐る恐る緩《かん》斜面を滑ってみた。すぐ、尻もちをついてしまったが、そのうち、身体が、滑る感覚を、思い出してくれた。

リフトで、山頂まで行き、滑りおりながら、透や、菊乃たちの姿を探したが、なかなか見つからなかった。

疲れて、スキーを外し、レストランに入って、ピザを食べることにした。

久しぶりに、心地好い疲労感だった。それを楽しみながら、ピザを食べていると、若い女性スキーヤーが、橋本の隣りに、腰を下した。

ゴーグルを取った顔を見ると、芸者の菊乃だった。

ゴーグルと、手袋を、テーブルの上に置くと、

「あたしも、ピザにしよう」

と、いう。

「君か」

と、橋本が、手を止めて、いうと、

「ええ。あたし」

と、菊乃は、笑った。顔が上気しているのは、今まで、滑っていたからだろう。

「彼と一緒じゃなかったの？　長谷川君と」

と、橋本が、きくと、

「彼は、まいかちゃんと、滑ってるわ」

「どうして、君と滑らないんだ？」

「あたしは、下手だから。まいかちゃんは上手《うま》いから、丁度いいの」

と、菊乃は、いった。

「彼、君に、何かいってないか？」

「何かって？」

「お金のこととか」

「ああ、五百万円のこと」

と、菊乃は、あっさりと、口にした。

「彼、あたしを、身受けしたいんですって」

「それだけ、真剣なんだ」

「だから、困るの」

「真剣だから、困るということ？」

「あたしは、母さんが、置屋のおかみさんだから、芸者をやめようと思えば、いつだって、やめられるのよ。身受けのお金なんていらないの」

「それなら、猶更《なおさら》、簡単じゃないか」

と、橋本は、いった。

「何が？　何がなの？」

　菊乃は、ピザを前に置いて、橋本を見た。きつい、咎《とが》めるような眼つきに、ぶつかって、橋本は、一瞬、狼狽して、

「何が？　つまり、彼と結婚したければ、簡単に、出来るんじゃないかと思ってね」

　と、いうと、菊乃は、眼をそらせて、

「無責任ねえ」

「何か問題があるの？」

「あなたも、彼と全く同じだわ」

「彼と、僕が同じか？」

「そうよ。彼も、とにかく結婚したい。結婚できなければ、芸者をやめて、東京に来て欲しい。五百万あれば、何もかも解決するんだろうって」

　と、菊乃は、いう。

「僕は、別に、君と結婚したいとは、思っていないよ」

「ああ、そうだったわね。ごめんなさい」

「今日は、あんまり、ご機嫌がよくないんだね」

　橋本は、そういって、煙草を咥えた。

　菊乃は、コーラを飲み、ピザをつまんで、口に運んでから、

「彼には、黙って、東京に帰って、きちんと、勉強して欲しいのよ」

「彼を嫌いなの？」

　と、橋本は、煙草に火をつけて、きいた。

「別に。楽しいこともあるけど、面倒くさくなることもあるの」

「どうしてかな？」

「どうしてか、あたしにも、よくわからない。とにかく、面倒なの。重荷って感じることがあ

るのよ」

「よくわからないな。彼は、ハンサムだし、本気で君を好きみたいだし、父親は、大企業のエリートサラリーマンだ。母親も、ある程度、理解がある。恋人でなくても、ボーイフレンドとしては、いい線いってると思うけどね」

と、橋本は、いった。

「あなたは、どうなの？」

菊乃は、大きな眼で、橋本を見た。

「僕――？」

「ええ。恋人はいるの？　何のために、湯沢に来てるの？」

「おい、おい。僕のことなんか、どうでもいいだろう？」

橋本が、いうと、菊乃は、笑った。

「あなただって、あれこれ訊かれるのは、嫌でしょう？　あたしも、あんまり好きじゃないの」

「そりゃあ、悪かった」

橋本が、いうと、菊乃は、ピザの一片を、勢いよく口に放り込んで、

「スキーウエアがよく似合うわ」

「旅館の女将さんが、貸してくれたんだ。弟さんのものだといって」

「ぴったりだわ」

「僕に体格がよく似ているんだといってた」

「女将さん、喜んだでしょう？」

「そうだったかな」

「鈍感《どんかん》」

と、菊乃が、呟いた。

「何のことだ？」

「あの女将さんの弟さんね、去年、交通事故で

死んだのよ」

「へえ」

「あなたに、よく似てるわ。顔じゃなくて、感じがね。だから、あなたが、そのスキーウエアを着てくれて、喜んでたと思うの」

と、菊乃は、いった。

「みんな、いろいろと、あるんだ」

橋本が、馬鹿みたいな感心の仕方をすると、菊乃は、

「今日、呼んで下さい。一緒に飲みたくなったわ」

と、急に、真顔になって、いった。

2

菊乃は、夕食が終り、橋本が酒を飲み始めた時に、やって来た。

部屋の入口で、丁寧に、頭を下げて、

「今晩は」

という菊乃に、橋本は、

「いやだな。ゲレンデで会ったときの調子で、願いたいな」

と、声をかけた。

「今は、お仕事ですから」

と、菊乃はいい、傍に来て、

「呼んで頂いて、ありがとうございます」

「やだな」

と、橋本は、苦笑したが、ふと、廊下に、人の気配を感じた。

誰かが、聞き耳を立てている感じがして、「ああ」と思った。

この部屋に来る途中、廊下で、透と会ったのかも知れない。それで、妙に、かたい挨拶をし

ているのかと思った。廊下の客に聞かせることばだったのか。

橋本も、急に、どういっていいかわからなくなって、

「まいかちゃんだけど」

「ええ」

「どんな字を書くの？　舞と、花？」

「よく、そういわれるんですけど、彼女は、舞と香りなんです」

と、菊乃が、いった。

「そう。そっちの方が、奥ゆかしい感じがするね」

橋本は、感心したように、いった。が、ことばが、上滑りしているのが、自分でもわかった。神経が、廊下にいっていたからだった。

小さく足音がして、人の気配が消えた。

菊乃にも、それがわかったらしく、急に、ほっとした表情になって、

「あたしも、お酒を頂くわ」

「ここの弟さんだけど、僕より一つ年下だったみたいだね」

「あなた、二十九？」

「ああ、間もなく、三十歳になる」

「久志《ひさし》さんね。東京でサラリーマンをやってたんだけど、女将さんが頼んで、帰って来て、旅館を手伝ってたのよ」

「それじゃ、女将さんは、がっかりしたろうね」

「一時は、旅館をやめようと思ったらしいわ」

「そうだろうな。女将さんの旦那さんは？」

「いない」

と、菊乃は、ぼそっといってから、コップに冷酒を注いで、口に運んだ。

それきり、黙って、酒を飲んでいたが、ふいに、

「あなた、独身なんでしょう?」

「ああ」

「それなら、この旅館の、お婿さんになりなさいよ」

「ええ?」

「女将さん、きれいでしょう?」

「ああ、なかなか美人だよ」

「それならいいじゃないの。ねえ、ここのお婿さんになりなさい」

「無茶をいうなよ」

と、橋本は、いった。

「気に入らないの?」

「そうじゃないが――」

「それなら、決った。結婚しなさい」

「女将さんが、僕のことをどう思ってるかも、わからないのに、勝手に、決めるなよ」

「それなら、大丈夫」

「何が大丈夫なんだ?」

「気に入らない男に、弟さんのスキーウエアを貸すもんですか」

と、菊乃が、いった。

「そういわれてもね」

「駄目。あたしが、仲人をやってあげるから、結婚しなさい」

菊乃が、酔った口調で、いった。彼女の言葉が、本気とも冗談ともつかなくて、

「弱ったな」

と、橋本が、呟いた。

そんな橋本の顔を、じっと、菊乃は見すえて、

「何か駄目な理由でもあるの? まさか、ホモ

じゃないでしょうね」

「そんなんじゃない」

「じゃあ、何なの？」

「とにかく、急にいわれてもねえ」

橋本が、後ずさりする感じでいうと、菊乃は、身体を押しつけるようにして、

「なぜ、駄目なの？　駄目なのよ？　はっきり、答えなさい」

「酔ってるね」

「酔ってなんかいないわ」

「僕はね」

「僕は、何なの？」

「正直にいうよ」

と、橋本は、いきなり、座り直した。

「人を殺したことがある」

「うそ！」

「うそじゃないよ。本当なんだ。それで、何年か、刑務所に入っていた」

「本当なの？」

「こんなことで、嘘をついても仕方がないだろう」

橋本は、つい、険しい眼で、菊乃を見つめた。

菊乃は、急に、べそをかいたような表情になって、

「ごめんなさい」

「別に、謝ることはない。それに、僕は、別に、そのことを後悔はしていないんだ。やむをえずに殺したんだから」

「でも、ごめんなさい」

「もういいよ。僕も、飲みたくなった。君が良かったら、飲み明かそう」

「ええ。飲みましょう」

と、菊乃も、いった。

3

橋本が、先に、酔い潰《つぶ》れてしまった。

あのことを告白して、気がゆるんだのかも知れない。

橋本が、刑事になりたての時、恋人が、三人のチンピラにレイプされ、自殺した。橋本は、自分が刑事であることを忘れ、一人を殺し、二人を思う存分、痛めつけた。その結果、彼は、刑務所に、放り込まれた。

後悔していないというのは、半分、本当で、半分嘘である。彼の理性は、あそこまでやるべきではなかったといっているからだ。

夢に見て、眼をさましたが、その時は、夢の内容を、忘れていた。

布団が敷かれ、そこに、寝かされている。部屋の明りが消え、枕元のスタンドだけが、ついていた。

喉が渇く。

橋本は、起きあがり、用意してある魔法びんから水をコップに注いで、飲んだ。

腕時計を、スタンドにかざすようにして見る。午前二時を回っている。

頭が重い。完全に飲み過ぎだった。

部屋の隅から煙草を取ってきて、布団の上に座って、火をつけた。

(あれから、どうしたんだっけ?)

確か、急に、菊乃が、いとおしくなって、キスしようとしたのだ。

それを拒否されたのか、受け入れられたのか、覚えていない。

(殴られたのかな?)

それなら、まずいなと思う。

煙草を吸いながら考えているうちに、電話機の横に、何か白いものがあるのに気がついた。

(菊乃が置手紙でもしていったのか?)

と、思い、立ち上がって、その白いものを、手に取った。

手紙ではなく、芸者がよく持っている桜紙だった。

きれいに、たたんで置いてある。

広げてみると、赤いものがついている。部屋の明りをつけてみると、口紅だった。口紅を拭き取って、その紙を、たたんで置いていったのだ。

橋本は、反射的に、唇に、指を当てて、強く、こすってみた。

かすかに、口紅が、指についた。

(キスをしたんだ)

と、思った。キスして、橋本の唇に、口紅がついたのを、菊乃は、桜紙で拭き取った。

その紙を、きれいにたたんで、置いていったのは、どういう気なのだろうか?

屑籠に捨てる気になれなかったのか。それとも、あなたは、あたしにキスしたのよ、といいたいのか。

その答えが見つからないままに、橋本は、また眠ってしまった。

夜が明けて、橋本が、もぞもぞと、起きあがり、眩しそうに、窓の外を見ていると、

「お早ようございます」

と、仲居が、入って来た。

「昨夜、途中で、眠ってしまってね。お世話を

かけたと思うんですけど——」

「布団を敷いて、寝かせたのは、女将さんですよ」

と、仲居が、いう。

「まずいな。そりゃあ」

「私も、少しは、お手伝いしましたけど」

という仲居に、橋本は、少し、ほっとした。

「お布団、あげていいですか？」

と、仲居がきく。

「いいよ。風呂に入ってくる」

橋本は、手拭を持って、部屋を出ると、一階の大浴場に出かけた。

身体を洗うのが面倒くさいので、ただ、ぼんやりと、浴槽につかっていると、湯気の向こうから、

「お早ようございます」

と、声をかけられた。

長谷川透が、妙にかたい表情で、橋本の近くに、身体をしずめてきた。

「お早よう。もう傷は大丈夫なの？」

と、橋本がきくと、

「大丈夫です。そちらはまだ、酔いが残っているみたいですね」

透は、ニコリともしないでいう。

(やっぱり昨夜、廊下で立ち聞きしてたのは、透だったのか)

と、橋本は、思った。あれこれ弁明するのも面倒くさくて、

「まいかちゃんは、どうだった？」

と、きいてみた。

「何のことですか？」

相変らず、ぶすっとした顔できく。

「昨日、ゲレンデで、まいかちゃんと一緒に、滑っていたんだろう？　彼女のスキーの腕は、どうだったかと思ってさ」

「まいかはですね」

「うん」

「子供です。まだ子供です」

「おや、おや」

橋本は、つい、笑ってしまった。

「何がおかしいんですか？」

と、透は、口をとがらせた。

「まいかちゃんが、君のことを、子供だといってたのを思い出してね。失礼した」

「橋本さん」

「ああ」

「僕は、子供ですか？」

「君はもう二十歳《はたち》を過ぎてるんだ。背だって、僕より大きい。とても、子供とは、見えないよ」

「からかわないで下さい」

「別に、そんな気はないさ。それに、今の君は、僕が、どう見るかなんてことは、問題じゃないんだろう？　菊乃がどう思っているか、それが、問題なんだろう？」

と、橋本は、いった。

そういっておいて、橋本は、お湯から、あがった。そのまま、腰に、備え付けのタオルを巻き、扇風機に当っていると、透が、あとから、やって来て、

「教えて下さい」

と、真剣な眼で、いった。

「それなら、裸で話すのも何だから、お茶でも飲みながらにしたいね」

と、橋本は、いった。

浴衣の上に、丹前を羽織り、同じ一階にある喫茶ルームに入り、コーヒーを頼んだ。

透は、そのコーヒーに口をつけず、

「教えて下さい」

と、むきになって、いる。

「僕は、まず、コーヒーを、頂くよ。二日酔いを、治したいんでね」

橋本は、コーヒーにゆっくりと、口をつけた。

「僕には、彼女が、何を考えているか、わからないんです」

透は、また、直線的ないい方をする。

「彼女にも、いろいろと、考えることがあるんだろう」

「でも、たいていは、お金で解決できることでしょう？　お金なら、僕が、何とかするといってるんです」

と、透は、いう。

橋本は、少しばかり、むかっときて、

「お金で解決できないこともあるよ」

「どんなことですか？」

「例えば、神崎という男のことがある。君と同じように、背中を刺された。菊乃の実父だ」

「知ってますよ」

「菊乃が悩むのも、わかるだろう？」

「わかりませんね。別れた父親なんか、他人と同じでしょう？」

と、透は、いう。

「父親は、どうなっても、父親だよ」

と、橋本は、叱るように、いってから、

「君は、両親に、刺されたことを、知らせてないみたいだな？」

「ええ。たいした傷じゃないし、心配して、駆けつけて来られたら嫌ですからね」

と、透は、いった。

「君は、本当に、犯人を知らないのか？」

「ええ。見てないんです」

「しかし、男か女かぐらいは、わかったんじゃないか？」

「いえ。全くわかりません」

「菊乃のお父さんも、背中を刺されている。君と同じだ。犯人も同じじゃないのかな？」

「橋本さん」

「何だ？」

「なぜ、そんなに、熱心なんですか？　刑事でもないのに」

今度は、透がきいた。

「心配しちゃいけないのか？」

橋本がいうと、透は、皮肉な眼つきになって、

「でも、昨夜は、菊乃と、二日酔いするぐらい飲んだんでしょう？」

と、いう。

思わず、橋本は、苦笑した。

「やきもちなら、おかど違いだよ」

「本当にそうですか？」

と、透にきかれて、一瞬、橋本は、狼狽した。口紅のついた桜紙のことを、思い出したのだ。

「今、参っているんです」

と、透が、いう。

「何で、参っているんだ？」

「頭の中が、彼女のことで、一杯なんです。勉強する気にもなれないんです」

「困ったな」

「おかしいですか？」

「いや、若い時って、そんなものさ。僕だって、

彼女のことだけしか、考えられないことがあったよ」

と、橋本は、いった。

「橋本さんにも、そんな時があったんですか？」

「あったよ。これからだって、同じだと思ってる。四十歳になったって、五十歳になったって、僕はバカだから、きっと、女のことばかり考えたくなると思うね」

と、橋本は、いった。

「じゃあ、僕の気持は、わかってくれるでしょう？」

「ああ。わかるさ。ただ、彼女の気持だって、考えちゃうよ。向うだって、立派な大人なんだ。君の思うとおりに考えるとは、限らないからね」

説教じみるのは嫌だったが、橋本は、思わず、そんなことを、透に向っていった。

透は、黙って、聞いていたが、

「昨夜、菊乃と何かあったんですか？」

と、いきなり、きいた。

「何だい？　それ」

「すいません」

「何にもないさ。だが、たとえ、あったとしても、君には、関係のないことだろう」

と、橋本は、いった。

「わかってます。すいません」

透は、やたらに、すいませんと、繰り返した。

4

翌日は、朝から、吹雪になった。部屋で、朝食をとっていると、仲居が、給仕をしながら、

「長谷川さん、昨日おそく、隣りの斉田旅館に移ってしまったんですよ」

　と、橋本に、いった。

「どうしてかな？」

「わかりません。急に、出たいといって、東京に帰るのかと思ったら、お隣りに、移ったんですよ」

　と、仲居は、いう。

「若いのは、気まぐれだから」

「女将さんは、あんなことがあったんで、ここにいたら、危険だと思って、斉田旅館に移ったんじゃないかって、胸を痛めているんですよ」

「そんなことはないと思うね。正直にいうとね、彼のおふくろさんが、早く帰って来いっていってるんだ。それで、隣りへ逃げたんじゃないのかな」

　と、橋本は、いった。

「そうなんですか？」

「うん」

「それなら、いいんですけど」

　仲居は、ほっとした顔になった。

　透は、橋本のせいで、隣りの旅館に移ったに違いない。菊乃のことで、橋本に腹を立てたのか、それとも、橋本と顔を合わせるので、照れ臭くなったのかは、わからないが。

　昼頃になって、長谷川章子から、電話が、かかった。

「透は、何処へ行ったんですか？」

　と、いきなり、甲高い声で、きく。

　このいろは旅館できいたら、もう、ここには、いないといわれたというのだ。

「隣りの斉田旅館に移ったんです」

「なぜ、移ったんですか？」

と、章子は、きく。まるで、詰問口調だった。

「わかりません。若い男は、気まぐれですから」

と、橋本が、いうと、

「そんな呑気な。どうして、連れて帰って、下さらないんですか？」

「大の男を、引っ張って帰るわけには、行きませんよ。ゆっくりと、説得しないと」

「もっと、お金が要るということですか？」

「金？　そういう問題じゃありません。透君が、まだ、ここにいたいというのを、無理に連れて帰るわけにはいかないということです」

と、橋本は、いった。

「透は、あの女に、欺《だま》されているに決っています。だから、すぐ、東京に連れ戻して下さいね」

章子は、やたらに、連れ戻してを、繰り返した。

橋本が、そんなにいうのなら、自分で、ここへ来て、説得したらどうかというと、章子は、急に、弱々しい声になって、

「母親の私が、迎えに行ったら、あの子は、ますます、へそを曲げてしまいますわ」

と、いった。

今度は、橋本が、強気になって、

「それなら、もう少し、待っていて下さい。透君が、自分が帰る気にならなければ、無理ですからね」

「やってくれるんですか？」

「料金を貰っただけのことは、やりますよ」

と、橋本は、いった。

電話を終えて、窓の外に眼をやると、吹雪は、止みそうもない。

明日になったら、このあたりのゲレンデは、新雪で、輝やいているだろう。

そんなことを考えていると、階下から、刑事が会いに来ていると、告げられた。

階段を降りて行くと、見覚えのある県警の刑事が、玄関で、コートについた雪を、手ではたいているところだった。

橋本の顔を見ると、

「先日、お邪魔した県警の川野です」

と、微笑した。

「何の用ですか？」

橋本が、きくと、川野は、

「ちょっと、あなたに聞きたいことがありましてね」

と、いい、さっさと、あがって来て、

「喫茶室がいいでしょう。コーヒーは、私が、おごりますよ」

と、いった。

橋本は、川野について、喫茶室に入ると、

「コーヒーは、自分で、払いますよ」

と、負けずに、いった。

「橋本さん――でしたね」

「ええ」

「以前、警視庁の捜査一課におられて、事情があって退職。現在は、私立探偵」

「僕のことを、調べたんですか？」

「調べました。容疑者の一人であることに変りはないので」

と、川野は、微笑する。

「容疑者だったんですか？」

「正確にいうと、容疑者の一人です」

「同じことですよ」

橋本は、苦笑した。

「それで、今日は、元捜査一課の刑事のお知恵を拝借したくて、伺ったんです」

「やめたのは、ずいぶん前ですよ」

「それに、橋本さん、あなたは、現場におられた」

「長谷川透君のことですね」

「そうです。被害者は、背中を、果物ナイフで刺されました」

「そのナイフは、庭の池から見つかった」

「そうですが、指紋は、検出できませんでした。こちらで調べたところ、あなたは、被害者の長谷川透と、親しくしていたと、聞いているんですが」

「親しくといっても、ただ、同じ旅館に泊っていて、同じ東京の人間なので、話があったというだけの話です」

と、橋本は、いい、相手に断って、煙草に火をつけた。

「本当に、それだけですか?」

「それだけです」

「芸者の菊乃を知っていますね?」

「ええ。ミス駒子でしょう。呼んで、一緒に飲んだことがありますよ」

「被害者が、彼女に、ご執心だということは、知っていましたか?」

「そうなんですか。まあ、美人で、魅力的だから、若い男が、惚れても、不思議はありませんよ」

橋本は、知らないふうをして、小さく肩をすくめて見せた。

「それが、ちょっと、尋常ではなかったようで」

「どういうことですか？」

「長谷川透は、彼女の置屋へ行って、五百万の現金を差し出して、彼女を身受けしたいといったそうです」

「そんなことを――」

「まあ、今はやりの言葉を使うと、善意のストーカーといったところですかね。それで、あまりに、うるさく、つきまとうので、彼女が、かっとして、傍にあった果物ナイフで、被害者を、刺したのではないか。こういう推理も、成り立つわけです」

「まさか、彼女が、そんなことをするとは、思えませんね」

と、橋本は、いった。

「しかし、現場には、彼女もいたわけでしょう？」

「僕は、見ていませんよ」

と、橋本は、いった。

「傷は、浅かったんです」

と、川野刑事は、いった。

「知っています。だから、すぐ、退院できたんでしょう」

「浅かったということは、犯人は、力の弱い女性だということを示しています。それに、本当に殺す気はなかったから、力を込めて刺さなかったかも知れない」

「それだけで、犯人が菊乃だというのは、乱暴じゃありませんか」

「それだけではありません」

と、川野は、いう。

「他にもあるんですか？」

「二つあります。一つは、彼女の性格です」

「性格?」

「ええ。彼女が、高校二年の時に、ちょっとした事件がありましてね。聞いていませんか?」

川野は、思わせぶりに、いう。

「いや、知りません」

「彼女が、男を刺したんです。もちろん、悪いのは、男の方で、電車の中でチカンをしていたわけです。彼女は、当時から可愛かったから、狙われました」

「それで、刺したんですか?」

「普通は、せいぜい、悲鳴をあげるか、虫ピンで、チカンの手を、ちくりと刺すぐらいでしょう? ところが、彼女は、果物ナイフを持って電車に乗り、チカンの腕を刺したんです。軽傷でしたがね」

「何を、僕にいいたいんですか?」

「彼女には、そういう気性の激しさがある。いや、学者にいわせると、彼女の家庭は、暗いものだった。父親は、腕のいい職人だったが、酒乱で、やたらに母親を殴りつけた。バクチ好きで、借金を作り、母親は、その返済に追われ続けた。そして、両親は離婚。そのことが、彼女の深層心理に、男性不信を植えつけた。だから、男に対して、過剰反応するというのです」

「そんなことを、僕に教えるのは、なぜなんですか?」

「彼女の実父が十年ぶりに帰ってきているのは知っているでしょう?」

「新聞で、読みましたよ。酔っ払って、背中を刺されたんでしょう? 助かったと書いてあった」

「実父の神崎は、東京で事業に失敗して、無一文で、帰って来ました。母親と、よりを戻そうとしていたと思います。多分、菊乃が、それを嫌がっているだろうとも、想像がつきます。彼女は、父親を憎んでいたと思いますからね」

「それで、彼女が、刺したというんですか？」

と、橋本は、きいた。

「可能性は、あります」

「あくまで、可能性でしょう？」

「そうです。だが、彼女のまわりで、二度も、同じような事件がおきていることは、間違いないんです。証拠はない。ひょっとして、あなたが、その証拠をつかんでいるんじゃないかと思って、今日、伺ったんですよ」

と、川野は、いうのだ。

橋本は、当惑した。

「僕は、彼女について、何も知りませんよ。客と、芸者というだけのことです」

「どうも、それだけではないような気がするんですがねえ」

と、川野は、いう。

橋本は、平凡な田舎の刑事に見えた相手が、次第に、油断のならない狐のように見えてきた。

「変な勘ぐりは、やめてくれませんか」

と、橋本は苦笑しながら、いった。

長谷川章子に頼まれて、息子の透と、菊乃のことを調べに来たとわかったら、この川野は、橋本をまた容疑者の中に加えかねない。

「これは、決まり文句ですが、何か、思い出したら、すぐ、電話を下さい」

と、川野は、いって、腰を上げた。

5

夜になると、吹雪が止んだ。

橋本は、女将に頼んで、菊乃を呼んで貰った。

菊乃が来たのは、八時を回ってからだった。

他に、お座敷があったのだという。

「それ、長谷川君のお座敷？」

橋本が、きくと、菊乃は、眉を寄せて、

「よくないわ」

「何が、よくないんだ？」

「お客同士が、詮索するなんて、よくないわよ」

菊乃が、怒ったように、いった。

「そうか。それは、悪かった。ただ、彼のことが気になっていてね。君に夢中のようだから」

と、橋本は、いった。つい、言いわけがましい口調になってしまうことに、自分自身で、少しばかり、腹を立てていた。

「橋本さんが、なぜ、そんなに、心配するの？ ただ、たまたま、同じ旅館に泊っただけなんでしょう？」

「まあ、気が合ったというか――」

「嘘ついてる」

と、菊乃は、いった。

「どうして、そう思うんだ？」

「あなたと、彼が、気が合うなんて、とても思えないもの」

「どうして？」

「勘でわかるわ。子供は嫌いなの」

子供。子供は嫌いなの」第一、あなたは大人で、彼は

と、菊乃は、いう。

「僕は大人か」

「ええ」

と、菊乃は、肯《うなず》いてから、ふと、お酌をする手を止めて、

「煙草吸っていい？」

ときき、袂《たもと》から、ラークを取り出して、咥えた。

橋本は、ライターで、火をつけてやった。

「ごめんなさい」

と、菊乃がいう。

「何が？」

「芸者が、お客に火をつけて貰うなんて、最低――」

「いいじゃないか。女性に火をつけてあげるのが、好きなんだ」

と、橋本は、笑った。

菊乃は、半分も残っている煙草をもみ消して、

「何か、やりましょうよ。野球拳でも、どう？」

「それより、君のことを、話してくれないか」

と、橋本は、いった。

「あたしのこと？」

「この間は、いろいろと、僕のことを聞いたじゃないか。この旅館の婿になれといって」

「そうだったかしら？」

「だから、今度は、君のことを聞きたいんだ」

「芸者の身の上話なんか聞いても、仕方がないでしょう？　嘘ばっかりだもの」

「僕は、君に、本当のことを話したよ。刑務所に入っていたこともいった」

「――」

「だから、君も、本当のことを話して欲しい」

「でも、なぜ？　わからないな。あなたは、来年も来てくれるわけじゃないし、あたしのパトロンになってくれる筈もないし――」

「それは無理だ。僕には、そんな金はないよ」

「それなら、何も知らない方がいいわ。あたしだって、いいイメージだけ持っていて欲しいから」

菊乃は、部屋の電話を取り、冷酒を四、五本持って来てくれるように、頼んだ。

「今夜は、もっと、飲みましょうよ」

と、菊乃は、いう。

「君の方が、強いからな」

「また、介抱してあげる」

「――――」

橋本は、口紅のついた桜紙のことを思い出していた。

芸者は、簡単に、客とキスするのだろうか。特に、菊乃は、どうなのだろう？

初めて会った客の橋本に、タオルで、男のモノを作って見せ、平気で、彼の股間を手で触れて、ニッと笑った。だが、だからといって、簡単にキスさせるかどうかわからない。

（何を考えているんだ？）

橋本は、自問し、一人で、照れた。

菊乃は、俺に惚れているんじゃないかと、思ったことを、照れたのだ。

「嫌な人ね」

菊乃が、眉を寄せる。

「え？」

「変な思い出し笑いなんかして」

「そんな顔をしてたかな？」

「してたわ」

「ごめん」

と、いった時、仲居が、冷酒の追加分を運んできた。その一本を取って、

「飲もう」

と、橋本はいった。

「身元調査は、もうしない？」

「しない。しても仕方がない」

「そうよ。芸者って、お座敷用の身の上話を、みんな、一つや二つは、持ってるんだから」

「君もか？」

「ええ。家が貧乏なので、妹や弟が学校へ行けません。それに、父親は、他に女を作って、蒸発。だから、あたしは、芸者になって、きょうだいの学資を稼いでいるんです。この物語が、気に入らなければ、結婚した相手が、バクチ好きで、莫大な借金を作っていなくなったの。小さな子供を残されて、その子供のために、あたしは、お座敷へ出ているんです」

「それが、君のレパートリイというわけだ」

「お客は、こういう可哀そうな身の上話が、好きね。好きで芸者をやってるなんていうと、きまって、がっかりした顔付きをするわ」

と、菊乃は、笑った。

橋本は、一緒になって笑うことが、出来なかった。彼女の話した二つの身の上話には、少しずつ、本当のことが、入っていると思ったからだ。

6

翌日、例によって、橋本が、二日酔いで、朝食も取らずに、寝ていると、ジーンズに、ブルゾンという恰好のまいかが、果物を持って、顔を見せた。

「菊乃姐さんが、お見舞いに行って来てくれって」

と、枕元に座って、いう。

「お見舞い？」

橋本は、布団の上に、起きあがった。

「橋本さんは、あんまりお酒が強くないのに、粋がって、飲み過ぎて、きっと、二日酔いで、うんうんいってると思うからって」

「口惜しいが当ってる」

「果物を食べましょう。メロンは、二日酔いにいいんですってよ」

まいかは、持ってきたメロンを取りあげて、果物ナイフで、器用に、切り分け始めた。

橋本は、そのナイフの刃の光るのを、ぼんやり眺めていた。

透が刺されたのと同じ果物ナイフだと思う。いやでも、菊乃の顔を思い出す。それに、川野という県警の刑事の言葉。

高校二年の時、菊乃は、果物ナイフで、チカンの腕を刺したと、あの刑事は、いった。本当だろうか？

それを、まいかに聞いてみたいと思うが、聞けば、多分、まいかは、怒り出すだろう。なぜ、そんなことを聞くのかといって。

「はい、どうぞ」

まいかは、小さく切ったメロンを、皮の上に並べ、フォークで、その一つを刺して、橋本に、渡した。

「うまいね」

と、橋本がいうと、

「よかった」

「神崎さんね」

「ええ」

「どうしてるんだろう？」

「退院したって、聞いてます」

「退院して、どうするのかな？　腕のいい職人だって聞いたけど、ここで、仕事が見つかるのかな？」

「ああいう人は、東京へ戻ればいいんだわ」

と、まいかは、いった。

「東京で失敗して、郷里に帰って来たんだろう？　もう、東京へは、戻れないんじゃないか」

「でも、ここにいたら、みんなに、迷惑をかけるだけだわ」

「みんなって、菊乃と、彼女のおかあさんのことか？」

「みんなにだわ」

「菊乃は、どう思ってるのかな？　神崎さんのことを」

「あら？」

「なに？」

「この間は、菊乃さんっていってたのに、今日は、菊乃って」

まいかは、冷やかすように、橋本を見た。

「僕と、彼女は、何もないよ。変に勘ぐらないでくれ」

と、橋本は、いった。

「そんなことは、わかってます。菊乃姐さんは、そんなに簡単に、お客に身体を許す人じゃありません」

「そうだ。彼女はそういう人だ」

「でも、キスはしたんですか？」

「何だい？　それ」

「男の人って、キスを許すと、すぐ、つけあがって、女を呼び捨てにするんですってね」

「誰が、そんなことをいってるんだ？」

「菊乃姐さんが、あたしに、教えてくれたんです。だから、簡単に、キスさせちゃいけないって」

「彼女が、そんなことを、教えてるのか?」

「でも、本当なんでしょう?」

「今度、お前さんに、キスしてみよう。そうすれば、わかるよ」

橋本は、他愛のない冗談をいいながら、このまいかと、菊乃とは、どんな関係なのだろうかと、考えていた。

『雪国』の中の駒子は、妹分の葉子を、可愛がりながら、同時に、重荷に感じていた。

菊乃は、まいかのことを、どう思っているのだろうか?

同じ置屋で、妹分だから、可愛がっていることは、わかる。最初の日、菊乃は、よかったら、まいかも呼んでくれと、橋本に、いった。

ただ、それだけなのだろうか。まいかは、菊乃のことを、どこまで、知っているのだろうか。

「何を考えてるんです?」

と、まいかに、きかれて、橋本は、一瞬、狼狽し、

「まいかは、舞いの花じゃなくて、舞いの香りって、書くんだってねえ」

「ええ」

と、まいかは、肯いたが、「橋本さん、嘘ついてる」

「何が?」

「今、他のことを、考えていたでしょう?」

「どうして、そうわかるんだ?」

「眉間が、こう、タテにしわが寄ってたもの」

「そうかな」

「もっと、深刻なことを考えてたに違いないわ」

と、まいかは、いった。

第四章　雪の中の殺人

1

新雪が、どか雪になって、家々の屋根に積り、道に積り、旅館の玄関をふさいでしまった。

どのホテル、旅館でも、一斉に雪かきが始まった。橋本の泊まっているいろは旅館でも、男たちに混って、女将や仲居まで、屋根の雪おろしから、玄関の除雪に、精を出している。

橋本も、それを手伝うことにした。

からりと晴れた冬空で、陽が雪に反射して、やたらに眩しい。橋本は、屋根からおろしたどか雪を、脇の水路に落して流すだけの仕事を手伝ったのだが、たちまち、腰が痛くなってしまった。体力に自信はあるつもりだったが、情けないこと、おびただしい。

「もう休んで下さいな」

と、女将が声をかけてくれたのをいいことに、橋本は、一時間足らずで、館内の喫茶室に、引きあげてしまった。

仲居のいれてくれたコーヒーを飲み、煙草を吸っていると、女将が顔を出した。

「はい、ラブレター」

と、いって、封書を、手渡した。

「ラブレターって？」

おうむ返しに呟いて、橋本は、それを受け取った。

花模様のすかしの入った小ぶりの封筒で、かすかに香水の匂いがする。裏には「菊乃」とだけ書いてあった。

中身は、同じすかしの便箋が一枚で、

〈十日町　旅館　きよみ　　菊乃〉

とだけ書いてあった。

「十日町で何かあるの？」

橋本が、きくと、女将は、ちらりと、カレンダーに眼をやって、

「いつもは、二月に、十日町で着物ショーがあるんですけど、今年は、一ヵ月おくれになったんですよ。今日と、明日、着物ショーです」

「こんな寒い時に？」

「ええ。ここの芸者衆も、モデルになるんです。菊乃さんも、まいかさんも」

十日町は、昔から、織物の町として、有名である。というより、雪深い北国は、自然に、家に閉じ籠もるようになり、産業として、織物が多くなるということだろう。

橋本は、しばらくの間、便箋を前において、考え込んだ。

たった一行の言葉は、ただの知らせみたいにも思えるし、来てほしいという願いにも見える。だが、どちらに考えようと、結局、俺は、十日町に行くことになるだろうとは、思っていた。

タクシーを呼んで貰い、橋本は、十日町に向った。

町に入ると、雪まつりの最中だった。雪まつりそのものも、一ヵ月おくれで、催されている

らしい。市民の手作りで、雪像や、雪だるまが、並んでいた。

雪上カーニバルの名前につられていってみると、そこは、巨大な雪の舞台が設けられ、着物ショーが始まっているところだった。

テレビ局の中継車も来ている。

その時になって、急に、白いものが落ちてきて、粉雪が舞い始めた。

専門のモデルに混って、菊乃やまいかが、美しい着物姿で、登場した。舞い落ちる粉雪が、一層、舞台効果をあげているように見えた。

それは、雪の中でも、しっかりと、自己主張しているようにも見え、逆に、ひどく、はかなくも、橋本には、見えた。

しばらく着物ショーを見てから、橋本は、手紙にあった、旅館きよみに足を向けた。

フロントで聞くと、今日は、お祭りで、満室だという。困ったなと思ったが、念のために、

「橋本ですが」

というと、女将は、ニッコリして、

「橋本さまなら、予約を承っております」

と、いった。

菊乃が、予約しておいてくれたのだろう。

二階の部屋に案内されながら、橋本は、奇妙な気分になっていた。

2

夕食をすませ、一風呂浴びて部屋に戻ったが、菊乃は、まだ、旅館に戻っていなかった。

時間をもて余した橋本は、仲居に、酒と、肴《さかな》を運んで貰い、ひとりで、酒宴を始めた。

窓の外は、相変わらず、粉雪が舞っている。

昨夜のような、ぼた雪ではないから、さして積らないだろうが、寒さは、一層厳しくなりそうである。

午後十時くらいまでは、何とか、眼をさましていたが、酔いが廻るにつれて、眠くなっていった。

いつか、眠っていて、そのあとが、奇妙に推移していく。

最初は、夢だった。夢を見ていたのは間違いない。

いろは旅館の女将さんが出て来た。彼女がこういうのだ。菊乃を、あなたは、身受けしたんだから、可愛がってやらなければ、罪ですよと。

女将さんが、菊乃を連れて来る。彼女が、ゆっくりと、着物を脱ぐ。女将さんが、姿を消して、裸の菊乃が、黙って、橋本の布団に入って来る。

最初は、夢の中だった。菊乃の身体が、寝ている橋本の上に、またがり、橋本は、自分のものが勃起して、彼女の身体に入って行く快感があった。

この辺りから、夢からさめたのだが、代りに、ひんやりした、女の肌の感触が、強烈に、橋本を捕えてきた。これは、夢じゃない。

何かいおうとしたが、菊乃の口が、ふさいでしまった。

口を離してから、菊乃が、馬乗りになったまま、

「私を好き？」

と、きく。

菊乃は、急に激しく腰を動かしながら、

「私を好きなんでしょう？　好きと、いいなさ

い！　そうなんでしょう！」

と、うわごとのように、言葉を並べ始めた。

橋本は、彼女が腰を動かすたびに、快感がわきおこる感じで、思わず、眼の前にゆれる彼女の乳房を、わしづかみにした。

一瞬、ほの暗さの中で、菊乃の顔がゆがんだが、それでも、

「好きなんでしょう！　好きなんでしょう！」

と、憑《つ》かれたように、繰り返している。

それが、言葉にならない喘《あえ》ぎに変って、菊乃の身体が、ゆっくり、橋本の身体の上に、蔽《おお》いかぶさってきた。

「ありがとう」

と、菊乃が、小さく、橋本の耳もとで、いった。

しばらくして、橋本は、尿意を覚えて、起きあがった。

菊乃は、彼の傍で、裸のまま、疲れたように、眠っている。

彼女を起こさないように、ほの暗い部屋の中で、手さぐりで、布団を離れた。

彼女が脱ぎ捨てた着物を踏んで、転びそうになった。あわてて、手を突き、何か白いものをつかんだ。

彼女の白い足袋だった。それを、揃えるように置き直して、橋本は、部屋を出た。

寝巻の前を手で押さえて、トイレに入る。急に明るさの中に入って、眼をしばたきながら、用をすませ、手を洗いかけて、初めて、掌《てのひら》がうすく赤く染まっているのに、気がついた。

(血――？)

と、感じた瞬間、橋本は、ほの暗い部屋の中でつかんだ白い足袋が、眼の前に、ちらついた。

じっと、手を見つめた。

こすってみる。やはり、血だった。あわてて、両手を洗い、橋本は、部屋に戻った。

布団の上に、座って、寝入っている菊乃の顔を見つめた。

足袋に、血がついているということは、どういうことなのだろうか？　答えを出すことが怖いくせに、橋本は、必死に、考えていた。

このまま、彼女が眠りつづけていてくれたらと思ったが、ふいに、菊乃が眼を開いた。

眼が、照れ臭そうに笑っている。

「――」

彼女が、何かいったが、聞こえなくて、橋本は、

「なに？」

と、きいた。

「あたしね、何か変なことを、いったでしょう？」

「そんなことはないさ」

「ほんとに？」

「ああ」

「それなら、良かった」

「何か、心配ごとでもあるのか？」

と、橋本は、きいた。

「何もないわ。そんなのある筈がないもの」

菊乃は、自分にいい聞かせるようにいって、急に、起きあがった。

「もう少し寝ていなさい」

と、いう橋本に向って、

「あたしの部屋は、隣りなの。仲居さんが気がつく前に、帰っていないと――」

と、菊乃はいい、裸のまま、着物や、足袋を

抱えて、隣りの部屋に、帰ってしまった。

3

ひとりになって、橋本は、明りの消えたままの部屋で、布団に横になり、ぼんやりと、天井を見つめた。

しんしんと、寒く、静かだから、粉雪は、まだ、舞っているのかも知れない。

菊乃を抱いた、そのことだけを思い出そうとするのだが、掌についていた血の色を思い出してしまう。あれは、何の血だろうか。

着物ショーで、緊張して、鼻血でも出したのではないかと考え、そんな下手なことしか思いつかない自分に腹が立った。

眠られぬままに夜が明けた。

八時半に、朝食をとる。給仕してくれた仲居に、

「芸者さんたちは？」

と、きくと、

「もう、会場の方へ、出かけましたよ」

「菊乃さんも？」

「ええ。まいかさんと一緒に。何か、ご用があったんですか？」

「いや、いいんだ」

と、橋本は、いった。

あの足袋はどうしたんだろうと、それを知りたかったのだ。予備の足袋を持っているだろうから、他人が、心配することもないのかも知れないと、考えたりした。

朝食をすませた頃、急に、部屋の外が、騒がしくなった。旅館の前でも、誰かが、大声で叫んでいる。

食事の片付けに来た仲居に、

「何かあったの？」

と、きくと、仲居は、ことさら、声をひそめて、

「近くで、人が殺されたんですよ」

「殺された？」

「ええ。中年の男の人なんですけどね。雪の中で死んでいたんです」

パトカーのサイレンの音が、聞こえてきた。

橋本は、いやでも、殺人という話と、菊乃の足袋についていた血の色を、結びつけてしまう。

橋本は、丹前姿で、階下へ、おりて行った。下駄を借りて、外へ出た。

旅館の裏手の方が、騒がしい。雪に足をとられながら、行ってみると、裏の駐車場に、県警のパトカーがとまり、野次馬が、集まっていた。

橋本は、その人垣の中を、のぞいてみた。


積った雪の上に、ジャンパーに、長靴という恰好の男が、俯《うつぶ》せに倒れているのが、見えた。

（見覚えのある恰好だな）

と、思ってから、

（神崎じゃないか）

ジャンパーの背中から、血が流れ出ている。その血は、もう乾いている感じだ。

調べていた刑事の一人が、立ち上って、こちらを見た。

その眼が、橋本と合うと、つかつかと、近づいて来た。川野という刑事だった。彼は、微笑して、

「妙なところで、お会いしますね」

「誰ですか？　あれは」

と、橋本は、きいた。

「神崎秀男ですよ。前は、助かりましたが、今

回は、いけませんでした。しっかり、殺されていますよ」

川野は、首をすくめて見せた。

「やっぱり――」

「今きいたんですが、一ヵ月遅れの着物ショーに、湯沢の芸者衆が、モデルで、来ているそうですね」

「ええ」

「菊乃も」

「ええ」

「この旅館だそうじゃないですか？　橋本さんは、もう彼女に、会いましたか？」

「ええ。昨日ね」

「昨日の何時頃ですか？」

「夜です」

「どんな様子でした？」

「ただ、ちょっと顔を合わせただけですよ。彼女は、着物ショーから帰って来たところでしたから、何の話もしませんでしたよ」

「その時間を知りたいんですがねえ」

「よく覚えていないんですよ」

と、橋本は、いった。神崎が、昨夜の何時頃に殺されたかわからないのでは、めったな答えは出来ないと思ったのだ。

「夕食のあとでしたか？」

と、川野は、攻めてくる。

「あとは、あとでしたが、何時頃かは――」

「橋本さんは、なぜ、この十日町に来られたんですか？」

川野は、急に、質問を変えた。

「もちろん、着物ショーを見に来たんですよ。いろは旅館の女将さんから、一月おくれで、十日町であるときいて、退屈していたので、見に来たんですよ」

「菊乃と同じ旅館なのは、偶然ですか？　それとも、相談して、同じ旅館にしたんですか？」

「もちろん、偶然です」

橋本は、語気を強めて、いった。

死体の周囲を調べていた若い刑事の一人が、ナイフを見つけて、川野に見せた。また、果物ナイフだ。

「傷は、何ヵ所もあります。まあ、めった突きというやつですね。よほど、犯人は、憎かったようです」

と、川野は、橋本に、いった。

「菊乃が怪しいと思っているんですか？」

橋本は、川野に、きいた。

「そうですねえ。被害者との関係が関係ですから、重要参考人ということになるでしょうね。まあ、事情聴取はしなくてはなりません」

と、川野は、いう。

「事情聴取ね」

「ええ、橋本さん。あなたからも、いろいろおききすることになると思います」

「なぜ？」

「菊乃と、親しくなさっておられるようですからね。羨《うらや》ましい」

川野は、最後の言葉を、皮肉めかして、いった。

川野の言葉は、嘘ではなかった。

その日、着物ショーが終ると、菊乃は、事情聴取のため、十日町署に、連れて行かれた。

4

その日、橋本が、十日町に、残って、まいかも、同じように、旅館に、残った。

「菊乃姐さんが怪しいなんて、あの刑事さん、頭がおかしいわ」

と、同意を求めるように、橋本に、いった。

「警察は、身近な人間を、まず、怪しいと思うからね」

と、橋本は、いった。

「でも——」

「殺された神崎だけど」

「ええ」

「十日町に来てたのは、やはり、菊乃に会うからだろう?」

「——」

「着物ショーを見に来てたんじゃないのか?」

「ええ、見に来てたわ」

「楽屋にも、菊乃に会いに行ったのかな?」

「いいえ」

「この旅館の裏手で死んでいたということは、菊乃が、ここに泊まっていたからだろうね」

「かも知れない」

「電話で、呼び出したり、したのかな? それとも、着物ショーから帰ってくるのを、待っていたんだろうか?」

「橋本さん」

「なに?」

「まるで、刑事みたいだわ。橋本さんも、菊乃姐さんが、殺したと思ってるの?」

「違うよ、ただ——」

ただ、足袋に血がとは、まいかには、いえな

かった。代りに、橋本は、

「君たちは、二日間、着物ショーに出ていたんだから、予備の足袋なんか、持って来たんじゃないの？」

と、きいた。

「ええ」

「菊乃のは、自分の部屋にあるのかな？」

「そうだと思います」

と、まいかは、肯《うなず》く。

橋本は、隣りの部屋に入ると、続いて、入ってくるまいかを押し止めて、

「君は、廊下にいるんだ」

「どうして？」

「いいから、そうしていなさい！」

橋本は、強い声でいうと、床の間に置かれた花柄のきんちゃくを、開けてみた。

足袋が、丸めて、入っていた。片方に、血がついている。橋本は、それを、丹前の袂に、押し込んだ。

その時、階下で、人声がした。男の方は、川野刑事の声である。

橋本が、あわてて、廊下へ出たとき、川野が、女将と一緒に、階段をあがって来た。

橋本と、まいかを見ると、

「また、お会いしましたね」

と、いってから、女将に、「この部屋だね？」と、念を押して、菊乃の泊まった部屋に入って行った。

すぐ、彼女のきんちゃくを下げて出て来たが、急に、橋本を見て、

「これに触れませんでしたか？」

と、きいた。

「冗談じゃない。そんなものに、興味もありませんよ」

橋本は、つい、大声を出してしまった。

「そうでしょう、そうでしょう」

と、川野は、笑って、階段をおりて行った。

何か、見すかされているようで、橋本は、むかついた。

「橋本さん」

と、今度は、まいかが、橋本の顔を、のぞき込んで、

「菊乃姐さんのきんちゃくを調べたんですか?」

「君は、何も知らない方がいいんだ」

「調べたんでしょう? 何か、変なものが、入ってたんですか?」

と、まいかは、きく。

橋本は、それに答える代りに、

「昨日は、一緒に、会場から、帰って来たの?」

と、逆に、きいた。

「あたしの方が、先だったわ」

「どうして?」

「菊乃姐さんの方が、主役だから、いろいろと、打ち合せも多いから、あとになったの」

「君が、旅館に帰ったのは、何時頃か、覚えている?」

「八時半頃だったと思うわ」

「その時、雪は、まだ、降っていた?」

「もう、止《や》んでいたわ。だから、会場から、歩いて帰って来たの」

「菊乃も、歩いて帰って来たのかな?」

「近いから、そうだと思うけど、それが、大事なことなの?」

「警察が、細かいことを、いろいろと、しつこくきくと思うからね」

「嫌な奴、あの刑事さん」

と、まいかは、いった。

「あとで、警察へ、行って来よう。心配だからね」

「あたしも行きます」

まいかは、青い顔で、いった。

夕食のあとに、二人は、十日町警察署へ出かけた。

署に着いてみると、透も来ていた。事件のことを聞いて、心配になって、来たのだという。

「どうしたらいいか、わからないんです。弁護士に頼んだらいいんでしょうか？」

と、透は、橋本に、きく。

「弁護士は、まだ、いいよ」

橋本が、いったとき、川野刑事が、出て来た。

彼は、三人の顔を見渡すようにして、

「こんなに沢山の人に心配されて、彼女は、幸福な人ですね」

と、いった。この刑事の言葉は、いつも、皮肉に聞こえてくる。

「菊乃姐さんは、すぐ、帰れないんですか？」

と、まいかが、きいた。

「今日は、駄目です」

「十八時間一杯、留置して、調べる気ですか？」

と、橋本が、きくと、川野は、

「何しろ、菊乃には、動機がありますからねえ」

「解剖の結果は、出たんですか？」

「出ました。死因は、出血死。とにかく、めちゃくちゃに、犯人は、背中を刺していますからねえ。死亡推定時刻は、午後八時から、九時の間です」

「菊乃のアリバイは、調べたんでしょう？　彼女は、どういっているんですか？」

と、橋本は、きいた。

「旅館には、午後九時半頃、帰ったと、いっています」

「それなら、彼女は、アリバイがあるんじゃないですか！」

透が、大声で、いった。

川野は、ちらりと、透に眼をやって、

「ところが、着物ショーの会場の責任者にきくと、菊乃は、八時半頃には、会場を出たはずだというのですよ。会場から、旅館まで、ゆっくり歩いても、七、八分です。それに、一時間もかかったことになる。明らかに、嘘をついているんです」

「その点を、彼女は、どういっているんですか？　きいたんでしょう？」

と、橋本は、いった。

「もちろん、おかしいのできききました。そうすると、彼女は、ゆっくり歩いて帰ったんだと答えましたよ。この寒いのに、どうして、のろのろ、歩いたんですかね」

「彼女には、彼女なりの事情があったからですよ！」

透は、怒ったように、いった。

川野は、じろりと、そんな透を見すえて、

「確か、長谷川透さんでしたね？」

「そうですよ」

「菊乃のことが、好きなんですね？」

「いけませんか？」

「最近の若い人には珍しく、純情で、一本気なんだ。私は、好きですよ、そういうの」

「――」

「それなら、彼女の邪魔になっている神崎秀男に対して、腹を立てていたでしょうね？」

「――」

「若いから、彼女のためなら、どんなことでもしてやりたくなる。あなたのアリバイも、調べる必要があるかも知れないな」

と、川野がいう。透は、怯《おび》えたような表情になった。

橋本が、口を挟んで、

「彼は、前には、被害者だったんですよ。それに、犯人は、二人いると、思っているんですか？」

「いや、誰もが怪しく思えてしまうのは、職業病ですかね。とにかく、菊乃は、今日は、ここに、留置しますから、皆さんも、お帰り下さい」

と、川野は、いった。

5

湯沢のいろは旅館に戻ると、橋本は、広い湯船に、じっと、身体を、沈めた。

昨夜から、今日にかけて、いろいろとあり過ぎて、身体も、心も、疲れたような感じだった。

湯気で曇ったガラスを、ぼんやりと、見ながら、湯に、つかる。

昨夜の菊乃の激しさは、何だったのだろうか？

あの直前、実父の神崎秀男を刺し殺したからだろうか？　何かに向って、自分の感情と身体をぶつけずにはいられなかったのか。

「好きなんでしょう！　好きなんでしょう！」

という言葉は、彼女の悲鳴だったのか。もし、そうなら、その悲鳴をどう受け止めたらいいのだろうか？

何の答えも見つからないままに、湯船を出る。

（おれは、結局、卑怯なのだ）

と、思ってしまう。菊乃が好きだが、彼女に溺れるところまで行くことが出来ない。どこかで、ブレーキが働いてしまうのだ。

若いとき、彼は、女のために、人を殺した。悪いことだと思う一方で、あの純粋さがなつかしくもある。

今は、とても、それは出来ない。それだけ、大人になったといえばいいのか、それとも、意気地がなくなったといえばいいのか。

菊乃に、「あたしのことが好き？」と聞かれれば、「好きだ」と、いうだろう。だが、「あたしのために、神崎を殺して」といわれたら、たちまち、腰が引けてしまう。躊躇なく、殺せたら、どんなに爽快だろう。迷いがないからだ。

そこで、迷うのが、愛なのか、それとも、迷わないのが、愛なのか。

（おれは、迷ってしまう。そして、何とか、理屈をつけて、迷うことを、正当化しようとするに、決まっている）

橋本は、部屋に戻ると、ボストンバッグを開けた。菊乃の白足袋が、入っている。

取り出して見る。血は、昨日より更に、変色している。この足袋の始末さえ、おれは出来ずにいるのだと、思う。焼き捨てるだけの決断も出来ず、と、いって、警察に渡すことは、なおさら、出来ない。

午後になって、菊乃が、やっと、帰されて来た。県警は、動機だけでは、起訴はむずかしいと、思ったのだろう。

菊乃は、いろは旅館に来て、橋本の部屋に顔を出すと、いきなり、

「あれは、何処《どこ》?」

と、きいた。

「あれって?」

「私の足袋。隠したのは、あなたなんでしょう?」

と、きく。咎めるようなきき方に、橋本は、戸惑って、

「隠したのは、僕だが、あれには——」

「血がついていたというんでしょう?」

「そうだよ。そうでなくても、君は、警察に、動機があるというので、マークされているんだ。血のついた足袋が見つかったら、大変なことになると思ったから」

「あたしは、平気だったわ」

菊乃は、強い調子で、いった。

さすがに、橋本は、むっとして、

「まるで、僕が、余計なことをしたみたいだな」

「そうよ。余計なことをしたのよ。あんなもの、見つかったって、何てことなかったのよ」

菊乃は、食ってかかる調子で、いう。橋本は、ボストンバッグから、その足袋を、取り出して、

「ここにある。持っていったらいい」

と、いった。

菊乃は、それを、袂に、押し込むと、

「今度から、余計なことはしないで下さいな」

と、なおも、いった。

橋本は、売り言葉に、買い言葉の感じで、

「そりゃあ、悪かったな」

と、いい返した。

菊乃は、何もいわずに、部屋を出て行った。

彼女の行為をどう解釈していいかわからず、橋本が、戸惑っていると、入れ違いに、今度は、川野刑事が、顔をのぞかせて、

「今、菊乃が、来たでしょう？」

と、きいた。

橋本は、むっとした気分のまま、

「彼女を尾《つ》けているんですか？」

「何しろ、重要参考人ですからね」

「しかし、犯人だという証拠は、ないんでしょう？」

「今のところ、残念ですが、直接証拠はありません。だが、状況証拠は、十分ですよ。それに、動機は、十分です」

「その動機ですが、県警は、どう見ているんですか？」

と、橋本は、きいた。

「彼女は、間違いなく、実父の神崎秀男を、憎んでいました」

「彼女が、そういったんですか？」

「事情聴取をした時、言葉の端々に、そういう気持は、表われていましたよ。まあ、無理もないとは思いますがねえ。何しろ、神崎という男は、ひどい人間です。酒乱で、暴力を振う。おまけに、バクチで、生活費まで使ってしまう。やっと別れたと思ったら、また、菊乃や母親の前に、姿を現わしたんですからね」

「神崎は、よりを戻そうと考えていたわけですか？」

「そうです。母親とだけではなく、芸者として、稼ぎのいい娘の菊乃に、まとわりついていたん

です。彼女が殺したいと思っても、もっともだと思いますよ」

「しかし、殺さなかったんじゃありませんか？」

「いや、殺したかも知れません。私としては、八十パーセントくらいで、クロだと思っています」

　と、川野は、いった。

「どうして。八十パーセントなんです？」

「彼女以外に、神崎を殺すような人間が、いないからですよ。母親にも、動機がありますが、こちらは、二十パーセントぐらいの可能性です。だから、菊乃が犯人の可能性は、八十パーセントというわけですよ」

「神崎が、湯沢に帰って来てからの行動は、摑んでいるんですか？」

「もちろん、摑んでいますよ。安田という民宿に泊り、仕事を探していたが、見つからなかった。というより、見つける気がなかったといった方がいいでしょうね。相変らず、酒を飲んで、多分、別れた菊乃と、母親と、よりを戻そうとしていたと思われます。今もいったように、菊乃に、つきまとっていたことは、間違いありません」

　と、川野は、自信を持って、いったあと、

「まだ、さっきの答えを貰っていませんよ」

「何でしたかね？」

「菊乃が、あなたに会いに来たんじゃないかということです」

「ああ。来ましたよ」

「用件は、何ですか？」

「昨日、自分のことを心配してくれてありがとうと、礼をいいに来たんです」

「それだけですか？」

「それだけですよ」

「そうですかねえ。私には、一刻も早く、あなたに会わなければという顔で、この旅館に、彼女が入って行ったように見えたんですがねえ」

と、川野は、いった。

「菊乃は、そんな顔をしていたんですか？」

聞きながら、橋本の胸の中で、菊乃に対するわだかまりが、少しずつ、消えていく感じだった。

今日、いきなり、彼の部屋に飛び込んで来て、余計なことをするなといわんばかりの調子で、血のついた足袋を持ち去って行った。

そんな菊乃の態度に、橋本は驚きながら、むっとしたのだが、彼女は、橋本を巻き込みたくなくて、あんな態度に出たのかも知れない。それも、川野刑事に尾行され、刑事が、橋本のところへ行き、彼のことを調べるのではないか、そうなったら大変だと思い込み、その前に、血のついた足袋を取り返しておかなければと、切羽つまった気持で、橋本の部屋に、飛び込んで来たのではなかったのか。

「何を笑ってるんです？」

川野が、眉を寄せて、橋本を見た。

「笑っていましたか？」

といいながら、橋本の口元が、自然に笑ってしまう。

「まさか、菊乃と、何か、しめし合わせたんじゃないでしょうね？」

「しめし合わせるって、何をです？」

「例えば、彼女のアリバイについて、打ち合せるとかですよ」

「そんなことをすると、思うんですか？」

「何しろ、あなたは、好きな女のために、人殺しまでした人だから。いや、それを非難してるんじゃありませんよ。むしろ、素晴らしい人だと思ってるんです。私なんか、とても、そんな勇気は、持てません。ただ、あなたは、好きな女が、困っていたら、何でもしてやりたいと思う人だ。時には、法律に触れることでもしてあげたいと思う人だ」

「それは、買いかぶりですよ。僕も、悲しいことに、分別ってやつが、身についてしまいましてね。自分のことが、何よりも、大事な人間になっています。法律に触れてまで、他人を守ることなんか、出来ませんよ」

と、橋本は、小さく笑った。

「そうですかねえ」

「疑うんですか？」

「あなたは、まだ、昔の尻尾をつけてるような気がする時があるんですよ」

「昔の尻尾って、何のことです？」

「純情とか、純粋とかのね」

「つまり、子供だってことですか？」

「私はね、あなたが好きなんですよ。これは、本当です。自分が、いつも周囲に気がねして生きている、小心な人間だから、あなたの生き方が、羨ましいんですよ」

「人殺しがですか？」

「人を殺せる勇気がですよ」

「刑事が、そんなことをいってちゃあいけませんね」

と、橋本は苦笑した。

「刑事だって、人間ですよ。だから、どうしても、好き嫌いが出ます。あなたが好きだ。だから、あなたを逮捕するようなことには、なりたくないんですよ」

と、川野は、いう。

「つまり、菊乃が犯人だという考えは、捨てていないということですね?」

「他に、容疑者は、いませんからね」

川野は、自信満々で、ニヤリと笑って見せた。

6

橋本だって、菊乃が、疑われる立場にいることはよくわかっている。

それに、川野のいうように、菊乃の性格の激しさもわかってきた。彼なりにきいて廻って、菊乃が、高校生の時、電車の中で、チカンの腕を、果物ナイフで刺したというのが、事実だと知った。

その時、菊乃の行為が、過剰防衛かどうかで、かなり、問題になったという。しかし、その頃、通学電車の中で、地元の女子高生が、チカンに狙われるケースがひんぱんに起きていて、それを被害者が、教師や両親に訴えていて、警察も、警戒に当っていたということもあって、菊乃の行為は、不問にされた。

その頃、菊乃の同窓だったという女性は、橋本に向って、

「あの時は、彼女は、学校じゃあ、みんなのヒロインだったわ。男の子たちには、ちょっと、恐怖がられましたけどね」

と、いった。

その彼女の激しさが、自分たちを捨てて、東

京に行き、人生の敗残者になったからといって、舞い戻って、よりを戻そうという神崎に、ぶつけられたとしても、おかしくはない。

　菊乃が犯人なら、それは自分を守ろうとしたのかも知れないし、母親を守ろうとしたのかも知れない。

　だが、橋本は、どこかで、菊乃が、無実であって欲しいと思っていた。

　橋本は、思い切って、昔の上司で、今も、警視庁捜査一課にいる十津川警部に電話をかけた。

「今、越後湯沢に来ています。それで、お願いがあるんですが」

　と、彼がいうと、察しのいい十津川は、

「そっちで殺された神崎秀男という男のことか」

「その通りなんです。彼が、東京で、事件を起こして、一年間、刑務所に入ったこともわかっています。ただ、彼のことを、もっと詳しく、知りたいんです。特に、人間関係を」

「神崎は、刺されて、殺されたんだろう？」

「そうです」

「犯人を知りたいのか？」

「それもありますが、今、いったように、神崎という男のことを、よく知りたいと思っています」

　と、橋本は、いった。

「そっちで、いろいろ苦労しているんじゃないのか？」

　十津川が、きく。

「なぜ、そんなことを？」

「新潟県警から、君のことを、照会してきた」

「ああ、なるほど」

橋本は、川野刑事のことを思い出した。

「君が、そっちで、どんな状況にいるのか知らないが、君は、情にもろくて、危なっかしいところがある。気をつけろよ」

「大丈夫です。私も、昔に比べれば、ずるくなっています。お願いしたことは、頼みます」

「わかり次第、FAXで送るよ」

と、十津川は、いってから、

「君は、自分で思っているほど、ずるくなっていないんだ。そこが好きだがね」

と、付け加えた。

神崎秀男の遺体は、一時、引き取り手がいなかったが、昔の縁で、菊乃の母親の清乃が、引き受け、近くの寺で、簡単な葬式が出された。

神崎は、東京で、それなりの生活をしていたのだろうが、葬式には、東京での知り合いという人間は、誰も、現われなかった。

葬式には、橋本も参列したし、川野刑事も、姿を見せた。恐らく、彼は、菊乃の様子を見に来たのだろう。

菊乃は、まいかと二人、葬式の間、きびきびと動き廻っていたが、それは、母親のために、働いているという感じだった。

清乃の方が、複雑な表情を見せていた。それは、神崎に対して、さまざまな感情を持つからに違いなかった。

神崎の遺骨は、町の外れのS寺に葬られた。この寺には、神崎家の墓があったからだが、彼の親戚は、先祖代々の墓に、入れることを拒否したので、他の場所に、簡単なものが作られた。それを作ったのも、菊乃の母親の清乃だった。

「これで、あたしの義理は、全て、すみましたから」

と、彼女は、さっぱりした顔でいったと、いろは旅館の女将は、橋本に、教えてくれた。

「全部すんだというのは、どういうことなんだろう?」

橋本は、きいてみた。

「清乃さんは、昔気質《かたぎ》の人なんですよ。だから、神崎さんが、この湯沢に戻って来て、何か、町の人に迷惑をかけると、自分の責任みたいに思っていたんでしょうね。その神崎さんが亡くなった。自分の手で、葬式を出したのも、他の人に迷惑をかけたくない気持からだと思いますよ」

「神崎に、未練があったわけじゃないの?」

「未練なんか、ぜんぜん、ないって、いってましたもの。だから、お墓まで作ってやって、これで、義理は全てすんだって思って。ほっとしてるんだと思いますすよ」

と、女将は、いった。

橋本は、その話を聞いた日、雪の中をS寺まで行ってみた。古い寺で、周囲のゲレンデが若者たちの色とりどりのスキーウエアや、歓声で賑わっているのに、寺の一角だけは、取り残されたように、ひっそりと静まり返っている。

神崎秀男の墓は、一番奥にあった。墓石でなく、木で作られた墓標である。ただ、真新しいことだけが、救いの感じだった。

その白木の墓の前に、誰かが、花をたむけてあった。

橋本は、旅館に帰って、女将に、その話をした。

「あの花は、菊乃か、彼女の母親が、たむけたんじゃないのかな？」

「そんな筈はないと思いますよ。二人とも、もう、すっぱりと、縁を切ったと思っている筈だから。今更、そんな、あとを引くようなことは、しませんよ」

と、女将は、笑った。

「じゃあ、誰なんだろう？　関係のない人間が、花なんか持って来ないだろう。女将さんは、思い当る人はいないの？」

と、橋本は、きいた。

もし、花の主が、菊乃だったら困ったことになると、橋本は、思ったのだ。あの川野刑事は、彼女が、神崎を殺したから、その冥福を祈るために、花をたむけたのだと、考えるに、決まっているからだ。

「知りませんよ」

女将は、きっぱりと、いった。

「菊乃ということはないのかな？」

「彼女はきつい娘《こ》ですよ。そんな、じめじめしたことする筈がありませんよ」

「だが、誰かが、花をたむけたんだ」

橋本が、なおも、繰り返すと、女将は、眉をひそめて、

「そんなこと、もう、忘れた方がいいですよ。お客さんとは、何の関係もないことなんだから」

そのいい方に、橋本は、何となく、引っかかったが、それ以上、聞けば、女将が怒りだしそうな気がして、止めてしまった。

その代り、夜、菊乃を呼んで、橋本は、花束のことを、彼女に、ぶつけてみた。

「あたしだと思っているでしょう？」

と、菊乃は、顔をしかめた。

「違うの？」

「違いますよ。あたしは、もう、父親のことは、忘れたんです。お墓参りもしないわ」

と、菊乃は、いった。その言葉に、嘘があるようには、思えなかった。

「君や、君のお母さんの他に、この湯沢の町に、神崎さんと関係のある人がいるのかな？」

「ここへ帰ってから、よく、飲んでいたっていうから、飲み屋の女将さんでも、気まぐれで、花を持って行ったんじゃないかしら」

菊乃は、いった。そんなことは、どうでもいいではないかという感じのいい方だった。

そのいい方が、かえって、何か知っているのではないかという疑いを、橋本に、抱かせた。

だが、これ以上、神崎のことに拘わると、菊乃は、怒って、帰ってしまいそうな気もした。それでも、知りたい。そんな迷いで、橋本が、考え込んでしまっていると、

「橋本さん。いつまで、ここにいるの？」

と、菊乃が、きいた。

「金がなくなったら、東京に帰るよ」

「そう、やっぱり帰るの？」

「僕は、別に、身寄りがいないから、この湯沢に住んだっていいんだけど、仕事がない」

「あたしがいった通りに、すればいいじゃないの」

「何だったかな？」

「ここの女将さんと、結婚するのよ」

「ああ、そうだったね」

「しなさいよ。お似合いよ。だから、しなさいよ」

菊乃は、酒を呑み、酔った口調で、くり返した。

「君は、僕のこと、嫌いなのか?」

と、橋本は、きいた。

ここの女将と結婚しろとばかりいわれて、橋本は、少しばかりむっとしていた。

「あたしは、駄目」

と、菊乃は、いった。

「駄目というのは、変ないい方だな。僕は、僕のことを好きかって、聞いてるのに」

「だから、あたしは、駄目」

「わからないな。何が駄目なんだ?」

「正直な答えが欲しいの?」

「ああ、欲しいね」

「好きな時もあるけど、嫌いな時もあるわ。こんな返事、嫌でしょう?」

「今は、どっちなんだ?」

「しつこいから、嫌い!」

と、菊乃は、いった。何か、悲しそうな顔だった。橋本は、言葉よりも、表情の方に、参って、

「悪かった。ごめん」

「もう、変なことは、聞いたりしない?」

「ああ、何も聞かない」

「じゃあ、許してあげる」

菊乃は、ふと、稚い笑顔を見せて、いった。

橋本は、彼女の機嫌を取るように、

「まいかを呼んで、一緒に、飲もうか」

「駄目!」

菊乃は、険しい眼になって、いった。

その剣幕に、橋本の方が、びっくりしてしまって、

「最初に会った時、君は、まいかも呼んでくれ

といったじゃないか。君も、その方が、楽しいだろうと思ったのに」

「何も、余計なことはいわないといったばかりじゃないの。それなのになぜ、まいかを呼ぶなんていうの！」

「しかし――」

「あたし、帰ります！」

菊乃は、いきなり立ち上がると、橋本が止める間もなく、部屋を出て行った。

7

何が何だか、わからないまま、橋本は、ぼうぜんと、菊乃を見送った。

菊乃が、自分を独占したくて、まいかを呼ぶのを拒否したと思うほど、橋本は、自惚《うぬぼ》れは、強くなかった。

もっと、違った感情を、菊乃が、爆発させたのだと、思った。だが、それが、何なのか、橋本には、わからない。

しらけた思いで、橋本が、ひとりで飲んでいると、

「今晩は」

と、まいかが、顔を出した。

「君を呼んでないよ」

橋本が、いうと、まいかは、傍に来て、

「菊乃姐さんにいわれたんです。橋本さんが、ひとりで寂しがってるだろうから、行ってあげてって」

「変な人だ」

「あたしのことですか？」

「菊乃がさ。なぜ、自分が、来ないんだ？」

「頭痛がするんですって。菊乃姐さん、時々、

頭痛がするんです」

「それにしても、最近、少し、おかしいよ」

「いろいろと、姐さんなりの、悩みがあるんだと思います」

と、まいかは、いった。

「まいかちゃんにも、悩みがあるの?」

「ありますよォ」

と、まいかは、ちょっと、おどけた顔でいった。

「恋の悩みとか、お洒落の悩みとかか」

「橋本さん、あたしをバカにしてるでしょう?」

「そんなことはないさ」

「あたしだって、死にたいと思うことがあるんですよ」

まいかは、生真面目な口調で、いった。


「そういえば、君のことは、ほとんど、知らないんだ」

橋本は、初めて気がついたように、いった。

菊乃の妹分で、同じ置屋にいる芸者。知っているのは、それだけなのだ。

「知らない方がいいことだって、ありますよ」

まいかは妙に、大人びた口調になって、いった。

「そうかね?」

「橋本さんは、いい人だから」

「だから、何だい?」

「いい人だから、菊乃姐さんのことを、いろいろと知ってしまって、悩んだりするんでしょう?」

「それは、そうかも知れないが——」

「あたしのことまで知って、余計に、悩むことはないわ。お客と芸者以上のことを知るのは、精神衛生上よくないと思います」

「変な言葉を知ってるんだね？」

「ええ。大人だから、いろいろ知っています」

と、まいかは、笑った。

橋本は、煙草に火をつけ、柱に寄りかかって、まいかを見直した。

まいかは、当惑した表情になって、

「意地悪な眼」

「そうかね」

「男の人って、眼で、女を裸にするんですってね」

「そうかな」

「今、その気でしょう」

「そんな気はないよ」

「でも、そんな、意地悪な眼をしてるわ」

「君が、どんな女なのか、考えてるだけだよ」

橋本は、ふいに、何の脈絡もなく、神崎の墓に、花をたむけたのは、このまいかではないかと思った。

第五章　母と娘

1

十津川警部から、手紙が届いた。

赤い速達の文字と、親展の言葉があった。橋本は、なぜ、電話やＦＡＸでなく、手紙なのかと、いぶかりながら、封を開いた。

特徴のある、やや右肩あがりの十津川の字が、並んでいた。


〈神崎秀男について、わかったことが、いくつかある。

ただ、私には、どう解釈してよいかわからないこともあった。湯沢で、神崎の娘や妻に接している君が、君の考えで、解釈した方がいいだろう。そう思って、ただ、わかった事実だけを書き並べておくことにする。

神崎は、今から十年前の四月に、湯沢から、東京の墨田区向島三丁目に引っ越して来ている。

この時、神崎には、三十歳くらいの女と、八歳くらいの女の子が一緒にいたのだが、なぜか、籍に入っていない。

女の名前は、三枝君子。子供の名前は、三枝あやだ。向島の小学校に、編入されている。神崎は、同じ向島にあるS花苑という造園の会社に入って、しばらく働いている。腕がいいので、大事な仕事も委《まか》されたといわれるが、酒を飲むと、しばしば、客とケンカをして、会社を困らせもしたといわれる。

神崎は、このS花苑に三年間勤め、やめている。社長とケンカをしたのだ。その後、神崎は、ラーメン屋をやったり、一杯呑み屋をやったりしているが、結局は、浪費癖がたたり、いずれも、上手《うま》くいかなかった。その間、生活を支えたのは、三枝君子で、彼女は、浅草、上野のクラブで、働いている。

娘のあやは、墨田区内の中学校を卒業し、同区内のN高校に入っている。そして、三枝君子は、とうとう、愛想をつかしたのか、娘のあやを、高校を中途退学させ、姿を消してしまった。

その後、神崎は、サギで人を欺した上、包丁で相手を刺し、重傷を負わせて、逮捕された。前にも、傷害事件を起こしていたために、一年の実刑になった。

以後、三枝母娘の消息はつかめていない。君子が、病死したという噂はあるが、これは、確認できていない。わかったことは、これだけだ。無茶をしなさんなよ〉

橋本は、二度、読み返した。

十津川が、君の解釈に委せるというのは、この中の三枝母子のことに違いない。

（三枝あやというのは、まいかのことではないのか？）

ふと、そう思った。

三枝母娘と、神崎が、東京で一緒になったとは、書いていない。十年前、神崎が上京して、向島に住みついた時、籍は入っていないが、三枝母娘が一緒にいたと書いてある。

と、すれば、神崎と三枝君子は、この湯沢で一緒になったのだろう。

妻の清乃は、夫の、たいがいのことには、我慢してきたが、女を作り、子供まで出来ていたことで、別れる決心がついたのかも知れない。

三枝君子が、湯沢で、神崎と出来て、子供まで作ったのなら、彼女は、湯沢の女である。一緒に、東京に出て来たが、絶望したとき、帰る所は、やはり郷里の湯沢しかなかったのではないか。

十津川は、「君子が、病死したという噂はあるが、確認できていない」と書いているが、多分、しっかりした根拠があって、書いたのだと思った。単なる噂を、わざわざ、手紙に書く人間ではないからだ。


母親が死んだあと、娘のあやは、どうしたのだろう？

清乃が、引き取って、芸者にしたのではないのか。まいかという名前で。

橋本は、十津川の手紙を、ポケットに押し込むと、旅館を出て、近くの公衆電話ボックスに入った。寒いのを我慢しながら、東京の十津川に、電話をかけた。

十津川が、電話口に出ると、まず、手紙の礼をいってから、

「新潟県警にも、神崎のことについて、同じ報告をされたんでしょうか？」

「心配か？」

「向うから、捜査について、協力要請があったと思うんです」

「君のことは聞いて来たが、神崎についての捜

査の要請はないよ」

「本当ですか？」

「きっと、新潟県警は、きちっとした容疑者をマークしているんだろう。自信があるから、警視庁に、協力要請をして来ないんだと思うよ」

「そうですか」

「安心したか？」

「そういうことでもないんですが」

「君は、自分で思っている以上に、人がいいんだ」

「いいえ。私は、冷たい人間です」

「自分でそう思っているだけさ。あんな手紙を出しておいて、こんなことをいうのは、おかしいんだが、君にとって、一番いいのは、あれを直ちに焼き捨てて、東京に帰って来ることだ」

「それは、出来ません」

「やっぱり、出来ないか」

「別に、こっちで、何かやろうというわけじゃありません。ただ、見届けたいんです」

「何をとは聞かないが、自分は、大事にしろよ」

と、十津川は、いった。

　橋本が、電話ボックスを出て、旅館に向って、歩きかけると、背後《うしろ》から、肩を叩かれた。

　振り向くと、川野刑事が、ニヤッと笑って、

「変な所から、出て来られましたね」

「電話ボックスが、変な所ですか？」

「この寒いのに、旅館から、かければいいのに、どうして、わざわざ、外の電話ボックスに行かれたのかと思いましてね。あそこは、暖房がないから、寒かったでしょう？」

　妙に、引っかかるようないい方だった。

「僕だって、内緒でかけたい電話はあります

よ」

と、橋本は、いってから、

「川野さんに聞きたいことがあるんですがね」

「何です？」

「いつから、県警に、勤められてるんですか？」

「五年、いや、五年三ヵ月ですかね」

それなら、十年前、神崎が、この湯沢から出て行った時の詳しい状況は知らなくてもおかしくはない。もちろん、今度の事件で、神崎のことは調べたろうが、三枝母娘のことまでは、知らないのだろう。だから、ひたすら菊乃を、追いかけているのだ。

「何かおかしいことを、いいましたか？」

川野が、不快そうに、眉を寄せて、橋本を見る。橋本は、あわてて、

「五年もかと、感心したんです」

「私なんか、短い方ですよ」

川野は、照れたようにいい、橋本の傍を離れて行った。

橋本が、それを見送っていると、

「橋本さあーん」

と、呼ばれた。振り返ると、いろは旅館の二階の窓から、まいかが顔を出して、手を振っている。ちょうど、彼の部屋の窓のところだった。

橋本は、旅館に入り、二階へ、あがって行った。

「お帰りなさい」と、まいかは、彼を迎えて、お茶を入れてくれた。

「川野刑事は、君に会いに来たのか？」

橋本がきくと、まいかは、眉をひそめて、

「菊乃姐さんが、今日、何をしていたかとか、神崎さんと、会っているのを見たことはないか

とか、まだ、姐さんのことを、疑っているんだわ」

「そうだろうね」

「橋本さんは、菊乃姐さんが犯人だなんて、思ってないでしょう？」

「もちろんだよ。彼女には、人は殺せない」

「良かった。菊乃姐さん、きっと喜ぶわ」

「僕も、通りで、川野刑事につかまった」

「見てました」

「君のことを聞かれたよ」

橋本は、まいかの反応を見たくて、嘘をついた。

「え？　あたしの何を？」

まいかは、一瞬、怯えたような表情をした。

「いろいろとね。だが、僕は、君のことをよく知らない。他の人に聞いた方がいいと、いってやったよ」

橋本がいうと、まいかは、ほっとした表情になって、

「そうね、あの刑事さんだって、あたしのことを知りたいんなら、直接、あたしに聞けばいいのよ」

「君が困ることはないのか？」

「どうして？　困ることなんか、何もないわ」

と、まいかは、いってから、

「あたしのことより、橋本さん、自分のことを、心配しなさいな」

急に、姉のような口ぶりになった。

「僕は、別に、警察に疑われてないよ」

「そうじゃなくて、橋本さん、本当に、独身なの？」

「そうだよ」

「それなら、ここの、女将さんと、結婚しちゃいなさいよ。越後湯沢が気に入ってるんでしょう?」

「君も、菊乃も、どうして、ここの女将さんと結婚させたがるんだ?」

「菊乃姐さんが、いわなかったんですか?」

「何を?」

「女将さんに、弟さんがいたんです」

「それは、聞いてるよ。交通事故で、亡くなったんだろう?」

「久志さんていうんです」

「うん」

「菊乃姐さんが、芸者になる前、二人は結婚することになっていたんです」

「じゃあ、菊乃は、芸者になる気はなかったのか?」

「ええ。久志さんは、サラリーマンだったんだけど、二人が結婚したら、久志さんがこの旅館の主人になって、菊乃姐さんが、女将さんになることも、決めていたんですよ」

「じゃあ、今の女将さんは、どうするつもりだったんだ?」

「女将さんにも、好きな人がいたんです」

「彼は、今、どうしているんだ?」

「その人は、東京の人で、毎年、スキーに来ている中《うち》に、女将さんが、好きになってしまったんです。でも、その彼は、一人息子で、家業を継ぐことになっていたんですって。だから、女将さんが、東京に行くより仕方がなかったの」

「弟の久志さんと菊乃が結婚すれば、すべて、上手くいく筈だったということかい?」

「ええ」

「それが、交通事故で、急死して、すべてが、駄目になったというわけだ？」

「ええ。女将さんも、やめるつもりだった仕事を、続けていかなければならなくなったのよ」

「東京の彼は、どうしたんだ？」

「女将さんは、何もいわないけど、彼女のことを諦めて、結婚してしまったんだと思う」

「そんなことがあったのか」

「そうなの」

「しかし、そのことと、僕に、女将さんと結婚しろというのは、どう関係してるんだ？」

「菊乃姐さんは、きっと、責任を感じているんだと思う」

「責任って？」

「だって、菊乃姐さんが、久志さんと結婚してたら、女将さんは、東京に行って、好きな男の人と、結ばれたんだから」

「しかし、久志さんが死んだのは、交通事故なんだろう？　菊乃の責任じゃないだろう？」

橋本は、そういってから、まいかの顔を見て、はっとした。何もいわないのだが、いやいやをするように、小さく首を横に振っていたからである。きっと、何か、その交通事故に、菊乃が責任を負うようなことがあったに違いない。

橋本が、菊乃に向って、彼女が、橋本のことをどう思っているのか、聞いたことがあった。結婚が話題になったときだった。菊乃は、その時、「あたしは駄目」といい、橋本が、更に、なぜ駄目なのかと聞くと、「だから、あたしは駄目」と、繰り返し、最後には、怒って、帰ってしまった。

あの時は、わけがわからなかったのだが、菊乃が、婚約者の死に、今でも責任を感じているとすれば、「あたしは駄目」という言葉が、理解できる気がするのだ。

橋本は、交通事故について、まいかを問いつめるのがはばかられて、黙って、煙草に火をつけた。

そのまま、黙ってしまうのも、いやで、

「そろそろ、置屋に戻って、着物に着がえなきゃいけないいんじゃないか？　今日だって、お座敷があるんだろう？」

「今日は、お休みを貰ったんです。だから、大丈夫なんです」

「ふーん」

「おしるこが食べたいな」

まいかが、急に、いった。

「僕は、店を知らないいんだが」

「あたし、おいしいお店を知ってるんです。行きましょう」

2

古い屋敷を改造した店で、こたつに入りながら、おしるこを食べられるようになっていた。

まいかが、おしるこを頼み、橋本は、ぜんざいを注文した。小さなお盆に、お茶と、野沢菜が一緒についてきた。

「あたしね、ここで、おしるこを食べると、不思議に、幸せを感じるんです」

と、まいかは、いった。

「きっと、子供の時から、おしるこが好きだったんだ」

「そうなの」

「君のお母さんは、よく、おしるこを作ってくれたんだろう？」

「作ってくれた。母さんの作ってくれるおしるこって、おいしかった」

「今、お母さんは、どうしてるんだ？」

「死んじゃった」

まいかは、ぽつりと、いった。やはり、三枝あやが、まいかなのか。

「悪いことを聞いちゃったな」

「もう、平気だわ」

「今は、置屋のお母さんが、本当のお母さんみたいなもの？」

「ええ」

「じゃあ、菊乃は、文字どおり姉さんなんだ」

いってしまってから、橋本は、まずいことを口にしたかなと、まいかの顔色を窺ったが、彼女は、

「菊乃姐さんが好き」

とだけ、いった。

橋本は、そのあと、まいかを、置屋まで送って行ってから、公衆電話で、もう一度、十津川に連絡を取った。手紙のあと、何か少しでも、わかったことがあればと思ったからだが、十津川は、

「三枝君子のことで、新しくわかったことが、一つあるよ」

と、教えてくれた。

「どんなことですか？」

「神崎に愛想をつかして、娘のあやを連れて、失踪したあとだが、草津温泉に行ったことが、わかったよ」

「越後湯沢じゃなくてですか？」

「ああ。草津温泉で、働いていたらしい。それ

以上、詳しいことは、わからないんだがね」

と、十津川は、いった。

橋本は、頭の中で、草津温泉の場所を考えた。確か、群馬県の高崎の先だった筈である。東京から見れば、越後湯沢の途中といってもいい。

橋本は、長谷川透に、会いに出かけ、会うなり、単刀直入に、

「お金を貸して欲しい」

「お金ですか?」

「ああ。君のお母さんに貰った調査費用が、底をついてしまってね」

橋本は、正直に、いった。

透は、ちょっと考えたあと、

「僕のことは、両親に、うまく、報告してくれますか? しばらく、東京に帰りたくないんです」

「いいよ。もともと、君を、東京に連れて帰る気なんかないんだ」

「そうして下さい」

透は、自分の財布から、二十万円を取り出して、橋本の前に置いた。

「ありがたい。借用証を書くよ」

「そんなもの要りませんよ」

「そうは、いかないんだ」

橋本は、ホテルの便箋を借り、それに、二十万円借用しましたとサインし、透に渡した。これで、とにかく、草津温泉へ行くことが出来る。

その日の中に、橋本は、草津温泉に向った。

3

夜に着いた。草津も、雪の中だった。ただ、有名な湯畑《ゆばたけ》の周囲は、雪が溶けて、蒸気を吹

きあげ、硫黄《いおう》の匂いを、まき散らしていた。

橋本は、電話で予約しておいた、湯畑の傍の旅館に入った。

少しおそい夕食の時、橋本は、三枝母娘のことを、給仕してくれた仲居に聞いてみた。三枝君子の写真は、手に入らなかったので、まいかの写真だけ、持ってきた。

「三十代で、娘は、高校生。その娘《こ》が、この写真だと思うんだ」

と、橋本は、まいかの写真を見せた。

「この草津で、何をしていた人なんですか？」

仲居が、きく。

「多分、芸者をやっていたんだと思う。それとも、この辺のバーか、スナックで働いていたか。ここで、亡くなったと思うんだが」

「女将さんに聞いて来ます」

と、仲居は、写真を持って、下へおりて行ったが、しばらくして、六十歳くらいの女将を連れて、戻って来た。

女将は、橋本に向って、

「君子さんのことだと思いますけどねえ」

と、いった。

「芸者さん？」

「ええ」

女将は、肯《うなず》き、君子のことをよく知っている同僚がいるといい、すぐ、電話して、今夜、あいているかを確め、呼んでくれることになった。

金魚という変った源氏名の三十七、八歳の芸者で、菊乃や、まいかとは違った、島田のかつらをかぶっていた。

君子のことを、橋本がきくと、金魚は、いきなり、

「ここの女将さんが、何といったか知りませんけど、あたしは、君子さんが、あんまり好きじゃありませんでしたよ」

と、いって、驚かせた。

「仲が悪かったの？」

「ええ」

「どうして？」

橋本は、酒をすすめながら、きいた。

金魚は、いっきに、飲みほしてから、

「あの人、下品だから、好きになれなかったんですよ」

「どんな風に、下品だったんだ？」

「お客に、ビールを注ぐ時にね」

と、金魚は、大びんを、手に取って、

「着物の裾をまくりあげて、太ももの間に、びんをはさむんですよ。そして、腰で拍子をとって、お客の持ったコップに、ビールを注いでいくんです」

「ふーん」

「お客は、喜んで、ご祝儀を弾みますよ」

「だろうね」

「でも、草津温泉の芸者は、そんな下品なことはやりません。出来ません」

「他所《よそ》から来たから、出来たということ？」

「年輩のお姐さんたちと、一緒のお座敷では、君子さんも、遠慮して、大人しくしていたみたいだけど、一人とか、年下の娘《こ》と一緒のお座敷だと、やっていたみたい」

「きっと、お金が欲しかったんだ」

と、橋本は、いった。

「でもねえ――」

「君子さんに、娘さんがいたと思うんだけど」

「ええ。高校生の娘さんがいましたよ」

「君子さんは、いつ頃、亡くなったの？」

「そうね、ここに来て、一年半くらいしてだったと思いますよ。カゼをこじらせて、肺炎になって——」

「そのあと、娘さんは？」

「置屋のお母さんが心配して、面倒を見ようとしたんだけど、亡くなる前に、お母さんから、どこそこへ行けといわれているので、そこへ行きますといって、草津を出て行きましたよ。気が強くて、可愛げのない娘《こ》でしたよ」

「この娘《こ》だった？」

橋本が、まいかの写真を見せると、金魚は、

「へえ」

と、声をあげ、

「あの娘《こ》も、芸者になったんですか」

「うん」

「蛙の子は、蛙といったらいいのかしら——」

「可愛い芸者になっている」

「何処で出ているんです？」

「越後湯沢だよ」

「小説の『雪国』の舞台でしょう？」

「この娘《こ》が、いなくなる時、越後湯沢の話をしていなかった？　向うへ行くとか」

「今、いったみたいに、偏屈な娘《こ》でみんなが心配してやってるのに、もう、行く所は決まってるみたいにいって、いなくなったんですよ」

「死んだ君子さんだけど、越後湯沢の話をしてなかったかな？　向うが故郷だとか」

「それ、変じゃない？」

「何が？」

「越後湯沢が故郷なら、さっさと、そこへ帰れ

ば良かったのよ。向うにだって、芸者はいるんでしょう？」

金魚は、舌打ちするように、いった。

「故郷だから、帰れないことだってあるよ」

と、橋本は、いった。彼も、刑務所を出てから、まだ一度も、故郷の山形には、帰っていない。山形の傍まで行っても、何か、一つ、飛び越せない線みたいなものを感じてしまうのだ。その線は、自分で、引いてしまったものなのだが。

「でも、娘さんは、故郷の湯沢に帰って、芸者をやっているんでしょう？」

「母親は、戻れなかったが、娘には、戻って貰いたかったんだろう」

「あたしには、わからないわ」

「君には、子供はいない？」

「そんな面倒なもの、あるもんですか」

（だからだろう）

と、いいかけて、橋本は、止めてしまった。金魚が子供を作らなかったことにも、また、一つの物語があるかも知れないと、思ったからである。

金魚を帰したあと、橋本は、一階の大風呂に入りに行った。

広い浴室に、人影はない。窓ガラスは、湯気で、外は見えなかった。ただ、時々、積った雪が、重みに耐えかねて、落ちる音がする。

目を閉じて、その音を聞いていると、ふと、

（おれは、いったい、何をしてるんだ？）

と、思ってしまう。

越後湯沢へ行ったのは、まだ子離れしていない母親に頼まれて、これも、大人になり切れな

い息子に、恋を諦めさせるためだった。

あの母親は、息子が、芸者と愛し合うなんて、とんでもないと思っている。口では、芸者を好きになっても構わないといっているが、本音が違うことは、わかっていた。

だから、菊乃の悪口を書いた調査報告書を作って、渡せば、それで終りだったのだ。芸者の欠点を見つけ出すことは、簡単だ。彼女の客扱いの上手さだって、欠点になるし、高校時代、チカンの手を、ナイフで刺したことだって、欠点になる。

母親は、喜んで、いくらかの成功報酬をくれただろうし、息子も、諦めたに違いない。あの息子は、結局、どこかの、ちゃんとした素人の娘との結婚の方が、幸せになれるのだ。その幸せは、平凡なものだろうが、芸者と一緒になって、波瀾万丈の生活をするよりも、彼には、向いている。

（それなのに、おれは――）

と、思う。

巻き込まれて、草津まで、来てしまっている。それも、自分から好んで、巻き込まれてである。

一番いけないのは、こうした結果、みんなが幸せになるとは、限らないことだ。いや、逆に、みんなを不幸にしてしまうのではないかと、怖れている。

小説の『雪国』を読んだ時、一番、引っかかったのは、主人公の島村の嫌らしさだった。島村は、再会した駒子に向って、「この指が、君のことを一番よく覚えている」などという。その時の島村のニヤついた顔が想像されて、橋本は、ヘドが出る思いだったが、それは、彼自身も、きっと、同じことをするのではないかという思いがあったからだ。

しかし、男はみんな、同じだと考えれば、別に、どうということもない。駒子は笑ってすませられるからだ。島村という男の一番の欠点は、どうしようもない彼の優しさだ。その優しさが、結局、ヒロインの駒子を、傷つけ、妹分の葉子を、狂気に追いやってしまう。

十津川は、電話で、橋本に向い、「自分で思っている以上に、優しいんだよ」といった。橋本を、草津に来させたのも、結局、彼自身の優しさだという気がしている。あの小説のように、それが、周囲の人間を、傷つけることになってしまうのではないか。

(しかし、どうしたらいいいんだ?)

橋本は、自問する。

越後湯沢に戻らず、東京に帰ってしまえばいいのか。

そして、菊乃のことも、まいかのことも、事件のことも、全く忘れてしまえばいいのか。事件は自然に解決するだろうし、菊乃は、ちゃんと、生きていくだろう。長谷川透も、その中《うち》に、彼女のことを諦めて、東京に帰り、大学を卒業し、国家公務員になるだろう。それで、万事、めでたしとなるわけだ。

菊乃は、少しは、橋本のことを覚えているだろうが、やがて、忘れてしまうだろう。

(おれは、それが、口惜しいのか?)

そのくせ、菊乃と一緒になる決心もつきかねている。長谷川透の一途さよりも、劣るのだ。

事件の結末も、この眼で見たい。菊乃にも、よく思われたい。結局、自己満足なのだ。

『雪国』の島村が、自己満足のために、雪国を、うろついたように、橋本も、越後湯沢に、戻っていくことになるだろう。

部屋に戻って、床についたが、眠れなかった。菊乃も、まいかも、おれのことを好きなんじゃないかと思う助平心、それが、一転して、自己嫌悪になり、それへの弁明の言葉の羅列、そんな思いが果てしなく、ぐるぐる回転して、橋本は疲れ切り、夜明け近くなって、やっと眠りについた。

旅館を出る。

寒い。その寒さが、どうにか、橋本の眠気をさましてくれた。

湯畑の周囲は、コンクリートの柵が囲んでいる。橋本は、柵にもたれて、しばらく、湯畑に眼をやっていた。丹前姿の客が、五、六人、ふところ手で、同じように、湯畑を眺めている。

三枝母娘は、この草津の町で、一年半を過ごした。娘のまいかことあやは、ここで、高校に通っていたのだろう。

母の君子が亡くなったあと、自分から、越後湯沢へ行ったのだろうか？　昨夜の金魚の話では、周囲の人間が力になってやろうとしたのに、まいかは、それを振り切って、草津を出て行ったのだという。偏屈な娘だと、金魚は、いった。

言葉を変えていえば、頑固で、気の強い娘ということだろう。

だが、高校二年の娘が、自分から、進んで、越後湯沢へ帰ったとは、思えない。八歳の時には、母と、神崎と一緒に、湯沢を出て、東京へ出てしまったのだ。むしろ、東京の町の方が、まいかには、親しみが、持てたのではないのか。

それでも、結局、まいかは、越後湯沢へ行き、芸者になった。

湯畑を見物していた観光客たちは、寒いためか、硫黄の匂いに辟易《へきえき》したのか、いつの間にか、いなくなっている。

橋本も、近くのそば屋に入って、少し早い昼食に、肉うどんを注文した。

身体が、冷え切ってしまっている。うどんが運ばれて来て、食べ始めて、やっと、身体が、温まってきた。

湯沢で、まいかに誘われて、ぜんざいを食べたことが、思い出された。

まいかが、越後湯沢に帰ったのは、亡くなる前、母の君子に、いわれたからに違いない。それも、湯沢に行ったら、誰に会いなさいと、具体的に、いわれたのだろう。

その相手は、だいたい想像がつく。菊乃の母親の清乃だ。

君子が、湯沢でも芸者をしていたとすれば、清乃の妹分だったことも考えられる。

夫の神崎は、腕のいい職人だったが、どうしようもない男だった。酒乱で、バクチで借金を作った。だが、清乃が、別れる決心をしたのは、神崎が、女を作ったことだろう。自分の妹分の芸者と出来てしまい、その上、子供まで出来ていた。それが、決定的だったのではないか。

神崎も、さすがに居づらくなって、三枝母娘を連れて、東京へ逃げた。

その三枝君子も、結局、神崎に愛想をつかした。望郷の念にかられながらも、草津までしか行くことができなかったのは、同じ芸者仲間の清乃を裏切ったことが、あったからだろう。

しかし、自分が病に倒れたとき、娘のことを頼む相手として、清乃しか、考えつかなかった。だから、娘のあやを、湯沢へ行かせたのだろう。

多分、清乃宛に書いた手紙を、娘に持たせたのではないだろうか。

昼近くなったので、客が、どっと入って来て、店の中が、やかましくなった。

橋本は、勘定をすませて、外へ出ると、タクシーを拾い、高崎駅へ向った。

こうなると、菊乃たちが、どうしているか心配で、一刻も早く、湯沢へ戻りたくなったのだ。

高崎へ着くと、橋本は、上越新幹線に乗った。

窓際に腰を下す。中断していた考えが、また、蘇ってきた。

突然、あやが訪ねて来て、清乃は、驚いたことだろう。

十年ぶりに会ったあやの顔を、清乃が覚えていたかどうか。

君子の手紙を読んで、清乃は、どんな気持になっただろうか？

橋本の推理が当っていれば、あやは、自分の娘の菊乃とは、異母姉妹になるのだ。清乃は、それを考えて、複雑な気持だったろうが、自分を裏切った君子が、亡くなったことがわかって、娘のあやを引き取ることにしたに違いない。

すれ違う上りの新幹線の屋根に、雪が積っていた。

トンネルの向うは、今日も、雪らしい。

4

越後湯沢は、やはり、雪だった。この冬最後の大雪かも知れない。

相変らず、タクシーを拾うのに苦労し、仕方なく、いろは旅館に電話をかけて、迎えに来て貰った。

「昨夜から、ずっと、降り続いています」

と、車を運転する若い男が、橋本に、いった。歩いたら、多分、眼を開けていられない。それほど激しい雪だった。

(涙雨というが、雪の場合は、何というのだろう?)

ふと、橋本は、そんなバカなことを考えたりした。

草津へ行くことは、いってなかったので、旅館の女将は、橋本を見て、ほっとした顔になり、

「心配していたんですよ。昨夜、帰っていらっしゃらないから」

「外出先で、友だちに会ってね。彼のところに、泊まることになってしまったんだ」

「菊乃さんが、東京に帰ったんじゃないかって――」

「喜んでいたんじゃないのかな?」

「そんなこと、いうもんじゃありませんよ」

女将は、いい、部屋にあがった橋本に、自分で、お茶とお菓子を、運んでくれた。

「菊乃は、昨夜、ここへ来たんですね?」

「お座敷があって、まいかさんと二人で、来ましたよ。橋本さんに会えなくて、がっかりしてましたよ」

「どっちが?」

「菊乃さんに決ってるじゃありませんか。どっちがって、まいかさんのことも、好きになったんですか?　いけませんよ」

女将が、笑いながら、いう。

「そんなに、もてやしないよ。県警は、菊乃のことを、諦めたのかな？」

「諦めるものですか。あの川野という刑事さん、しつこいから」

「菊乃は、犯人じゃないよ」

「私も、もちろんそう信じていますよ」

「女将さんに、聞きたいことがあるんだが。内密にね」

橋本は、声を落して、いった。女将は、首をかしげて、

「何でしょう？」

「十年前に、神崎秀男は、清乃さんと別れて、東京へ行ったんだよね？」

「逃げたんですよ。ここにいられなくなって」

「その時、神崎と一緒に、東京へ行った女がいると思うんだよ。多分、清乃さんと同じ芸者で」

「知りませんよ」

「でも、女将さんは、その頃から、この旅館をやっていたんじゃないの？」

「その頃は、母が健在で、女将をやっていました」

「でも、ここの生まれなんだから、いろいろと、わかっていると思うんだがな」

「この湯沢のことを、何もかも知ってるわけじゃありませんよ」

「本当に、その女のことを、知らないのかな？」

「知りませんよ」

と、女将は、苦い表情でいい、下から呼ばれたのをいい機会《しお》に、降りて行ってしまった。

橋本は、女将の顔色から、三枝君子のことを知っているのだと、想像がついたが、これ以上、

しつこく聞くわけにもいかないなと、思った。

煙草に火をつけ、窓の外の、降りしきる雪景色を眺めていると、急に男の声が、あがって来た。

川野刑事の声だった。

女将と一緒に、橋本の部屋に入って来ると、もういいよという顔で、彼女を帰してから、

「昨日、どこへ、行かれたんですか?」

と、きいた。

「なぜ、そんなことを聞くんですか?」

「どうも、あなたのことが、気になって、仕方がないんですよ」

「僕を、まだ、神崎秀男殺しの犯人だと思っているんですか?」

わざと、顔をしかめてみせると、川野は、笑って、

「あなたが犯人だなんて、最初から、考えていませんよ。しかし、あなたは、いろいろと、知っている。そんな気がするんです。菊乃のことなんかもね。それを、話して貰いたいんですがねえ」

「僕は、今年、初めて越後湯沢へ来たんですよ。菊乃にも、初めて会ったんです。殺された神崎秀男にもね。そんな僕が、何を知っているというんですか」

「理屈としては、そうですがね。しかし、あなた何か知っている。それも、事件に関係したことをね」

「買いかぶりですよ」

「そうですかねえ」

「そんなことより、いいかげんに、菊乃のことは、諦めたらどうですか? 彼女が犯人だとい

う証拠はないんでしょう？」

「直接証拠はね。しかし、それも、その中《うち》に、見つけますよ」

川野は、自信ありげにいった。

そのあとで、彼は、急に、ニヤッとして、

「菊乃は面白い妓《こ》でね。あれだけ、器量がいいのに、なぜか、男運に恵まれていない。いや、自分で、断ってしまっている。ひょっとして、あなたも、菊乃に、断られた口じゃありませんか？」

「――」

「彼女が、まだ学生の時、この旅館の長男と結婚話がありましてね」

「久志さんのことですか？」

「そう。彼の方が夢中になって、口説いたんだが、断られた。その日、彼は、泥酔して、車をすっ飛ばしたんですよ」

「それで、事故を起こしたんですか？」

「そう。とにかく、百キロ以上出していて、コンクリートの電柱にぶつけたんだから、ひどいもんでしたよ」

「なぜ、そんな話を僕に聞かせるんですか？」

「橋本さんは、とっくに、知っていると思ったんですがねえ。どうやら、ご存知なかったようだ」

「知りたくもありませんがねえ」

「それが、今でも菊乃の心を押さえていて、自分が好きな男と一緒になって、幸福になるのを怖がっているんですよ。強そうに見えて、そういう弱いところのある女なんです」

「だから、その中に、父親殺しを自供すると思っているんですか？」

「期待しているんです。私も、警察の人間ですからね」

5

夜の八時過ぎになって、まいかが、ひょいと、顔をのぞかせた。今夜は、着物姿で、少し、酔っている。橋本を見て、

「ああ、いた！」

「どうしたんだ？」

「お座敷に呼ばれて、菊乃姐さんと、来たんだけど、八時になったら、お前は、もう帰っていいっていわれたんです。菊乃姐さんにご執心なお客なの」

「ふーん」

「だから、帰るつもりだったんだけど、橋本さんが、帰ったかなと思って、のぞいたんです。良かった、帰っていて」

「草津温泉へ行ったんだ」

「どうして、草津へ？」

「友人がいるんだ」

と、いってみたが、まいかは、別に、顔色を変えるでもなかった。ただ、草津の話題を、打ち切ろうとするように、

「橋本さんて、刑事だったんですってね」

「誰がいったんだ？」

「川野刑事さん」

「余計なことをいいやがって」

橋本は、舌打ちをした。どうも、あの刑事は、虫が好かない。特に、今日は。

「お酒、持ってきましょうか？」

まいかは、座り込んで、きいた。

「じゃあ、僕が、花代を持つよ」

「嬉しい」

　まいかは、ニッコリした。すぐ、下に電話して、仲居に、お酒と、酒の肴を持って来させた。

「君は、どうして、芸者になったんだ？」

　酒の途中で、橋本は、きいた。

「芸者に、どうして芸者になったのかなんて、聞くもんじゃありません。嫌われますよオ」

　少し酔った口調で、まいかが、いう。

「しかし、君は、僕が、菊乃のことを聞いたとき、いろいろと、教えてくれたじゃないか。この女将の弟と、結婚することになっていたが、その弟が交通事故でなくなったので、芸者になったんだと。だから、今度は、君のことを教えて貰いたいんだよ」

　橋本がいうと、まいかは、少しの間、黙って、お酒を飲んでいたが、

「あたし、高校を卒業していないんです。だから、ちゃんとしたところには、就職できないし、それに、菊乃姐さんにあこがれてたから」

「高校中退？」

「ええ。二年までしか行ってないんです」

「別に、そんなことは、どうでもいいことだよ」

「ええ。橋本さんが、どうして芸者になったなんて聞くから」

「わかった。もう聞かないよ」

「飲みましょう」

と、まいかは、徳利を取った。

　いつもなら、橋本の方が先に酔ってしまうのだが、今夜は、まいかが先に、酔い潰れてしまった。

　気がつくと、テーブルに突っ伏している。

　橋本は、仲居を呼んだ。

あがってきた仲居は、

「珍しい。まいかさんが、酔い潰れるなんて」

と、いい、手早く、部屋の隅に、布団を敷き、まいかを、そこに寝かせてから、橋本に、

「しばらく、このまま、寝かせてあげて下さいな。本当に、まいかさんが、こんなになるなんて、珍しいんですよ」

「そうしておくよ」

と、橋本は、いった。

橋本の方は、逆に、いくら飲んでも、今夜は酔わなくて、テーブルを反対側に動かし、そこで、酒をちびちび飲み続けた。

静かだった。

窓の障子を開け、曇ったガラス窓を手で拭くと、相変らず、白いものが、絶え間なく降りしきっている。

音もなく、降り続くというのは、こんなことをいうのだろう。

杯を置いて、何本目かの煙草に火をつける。

(どうしたものか?)

と、自問する。何もできないのがわかっているのに、どっぷり、事件に、浸ってしまったと思う。

(困った)

と、思ったとき、ふいに、がらりと、障子が開いた。

人影が立った。菊乃だった。

「まいかちゃんを探してるんだけど」

と、いう。

「まいかなら、そこで、寝てるよ」

橋本は、眼で示した。菊乃は、部屋に入って来て、そこに敷かれている布団を見た。

「彼女に、何かしたんじゃないでしょうね？」

「バカなことをいうなよ。勝手に来て、勝手に飲んで、寝てしまったんだ」

「勝手に？」

「そうだよ。何を疑ってるんだ？」

「あなたは、信用できないの」

「どうして？」

「何を聞いても、はっきりしない人だから」

「――」

「怒った？」

「いや。僕は優柔不断だ」

「困った。そんなに、あっさり認められちゃあ――」

菊乃は、まいかの枕元に、ぺたりと座って、泣き笑いの表情になった。

「まいかだけど」

「ええ」

「今夜は、いやに早く、酔い潰れてしまったんだ。いつもなら、僕の方が、酔って、介抱されるのに」

「いいのよ」

「何が？」

「まいかちゃん、急に、酒が弱くなっちゃって」

「君は、その原因を、知ってるんじゃないのか？」

「変なことをいうのね。まだ、お酒が残ってるんなら、飲みたいわ」

「ああ、いいよ」

橋本は、まだ残っている徳利を手に取って、菊乃に、注いでやってから、

「君は、まいかのこととなると、少し変だよ」

「どんな風に？」

「君と一緒の時、まいかも呼ぼうというと、前には、喜んだのに、次には、急に怒り出したりしたじゃないか」

「そうだったかしら？」

「そうだよ。君は、まいかのことを、どう思っているんだ？」

「妹みたいに思ってるわ。まだ、子供だから、心配なの」

「妹か」

「煙草下さらない？」

「はぐらかさないでくれよ」

「そんなことしてないわ。急に、煙草が吸いたくなっただけ。くれないんなら、もう帰るわ。ケチ！」

菊乃が、ふらりと、立ち上がった。が、足元が、ふらついている。

「いいから座れよ。帰るときは、まいかを連れてって貰いたいんだ」

と、橋本は、いい、煙草を差し出した。

菊乃は、座り直して、煙草を咥《くわ》える。それに、火をつけてやってから、

「まだ、川野刑事から、追っかけられてるんだって？」

「別に、怖くはないわ。あたしが、殺したわけじゃないんだから」

「僕も、君が、神崎を殺したとは、思っていないよ」

「ありがとう」

「君は、ひょっとして真犯人を、知ってるんじゃないのか？」

「知ってるわけないじゃないの。へんなことといわないでよ」

「怒るなよ」

「別に怒ってないけど、じゃあ、あなたは、犯人を、知ってるの？　知ってるんなら、いってみなさいよ」

「絡んでくるんだな」

「あなたが先に、犯人を知ってる筈だといったのよ」

「知ってるんじゃないかと、聞いただけだ。筈だとは、いっていない」

二人とも、この話になると、自然に、ナーバスになって、言葉が、とげとげしくなってくる。それも、腹の探り合いになってしまうのだ。

特に、橋本の方は、いろいろと、菊乃とまいかについて、知ってしまった。それが真実かどうか確かめたい誘惑に駆られる。つい、口に出したくなる。ここの旅館の長男の事故死のことでもある。だが、それが、確実に、相手を傷つけることもわかっている。

だから、どうしても、口が重くなり、ぎこちなくなってきて、そのことに、腹が立ってしまうのだ。そんないらだちは、当然、菊乃にも反映して、彼女も、いら立ってくる。

「ここんとこ、橋本さん、変よ」

と、菊乃は、いった。

「何が？」

「何がって――」

菊乃が、いいかけたとき、ふいに、寝ているまいかが、何か叫んだ。呻くような声に、橋本は、ぎょっとした。が、まいかを見るよりも、菊乃を見た。彼女が、どんな反応を見せるか、それを知りたかったのだ。

菊乃は、手を伸ばすと、いきなり、寝ているまいかの頬を、思い切り叩いた。

ぴしゃりと、鋭い音が、橋本の耳を打った。

「起きなさい！」

菊乃は、甲高い声で、叫ぶようにいい、また、ぶった。

まいかが、びっくりした顔で起きあがる。そこに菊乃がいるのに、驚いた表情になって、

「菊乃姐さん――」

「こんなところで、寝てしまって、恥ずかしいわよ」

「すいません」

まいかは、あわてて、布団の上に座り直して、乱れた着物の襟元を合わせている。

菊乃は、邪険と思えるような手荒さで、まいかを立たせて、

「本当に恥ずかしいわ。こんなところを、お客に見られて。芸者の恥よ」

「そんなにいうことはないだろう。君だって、酔い潰れることがある筈だ」

見かねて、橋本が、口を挟んだ。

菊乃は、きっとした眼で、橋本を睨んだ。

「そんなことをいうのなら、まいかのこと、面倒を見てくれるんですか？」

妙に、切り口上で、きく。

「面倒を見るといっても――」

橋本は、思わず、いい澱んでしまった。

「あなたは、いつもそうなの。優しいし、心配するけど、それだけ。相手がもたれかかろうとすると、ひょいと、身をかわしてしまうのよ」

「――」

「まいかのこと、どう思ってるの？　まいかが、一緒に逃げてくれといったら、一緒に逃げてく

れるんですか?」

「なぜ、まいかが、逃げるんだ?　何のために?」

「あなたには、出来ないんだわ」

「勝手に決めつけるなよ。君はどうなんだ?まいかと一緒に、逃げられるのか?」

橋本は、反撥するように、いった。

「あたしは、まいかが、一緒に死んでくれといえば、死ねるんです」

菊乃に、いい返されて、橋本は、ひるんでしまった。本気で一緒に死ねるといった、気迫を菊乃に感じたからだ。

菊乃は、まいかを引きずるようにして、部屋を出て行ったが、障子を閉めるとき、橋本に向って、

「まいかが、いったことは、忘れて下さい」

「まいかのいったことって?」

「お願いします。忘れて下さい」

ぴしゃりと、部屋の障子が閉められた。

橋本は、取り残された。そんな感じがした。孤独感が、彼を押し包んだ。ふいに菊乃との間に、壁が出来てしまった感じがする。

(まいかが、一緒に逃げてくれといったら、一緒に逃げてくれるんですか?)

と、菊乃が、きいた。

橋本は、「一緒に逃げてやるとも」とは、いえなかった。「なぜ、まいかが、逃げるんだ?」と、橋本は、聞き返した。その瞬間、菊乃との間に、壁が出来てしまったのだ。

菊乃は、橋本に、その気がないのを、直感したに違いない。聞き返したのは、とっさの時間稼ぎだと、橋本自身にもわかっていたのだ。

橋本は、ぶぜんとした気分で、意味もなく、煙草に火をつけた。

菊乃は、捨てぜりふのように、「まいかが、いったことは、忘れて下さい」といった。あれは、まいかが、突然、叫ぶようにいった寝言のことだろう。

呻くように、いったのだ。何といったのか。怒り、憎しみといったひびきの言葉だったが、正確に、思い出せなかった。

菊乃には、その言葉の意味が、とっさにわかったに違いない。だから、まいかの顔を二度も、叩いて、目覚めさせ、連れ去ったのだ。

その考えを、どんどん進めていけば、何か恐ろしい結論に、導かれて行きそうな気がした。多分、この怯えは、間違っていないだろう。だから、恐ろしい。

橋本は、下に電話をかけ、酒を持って来てくれないかといった。

「まだ、飲むんですか？」

仲居が、呆れたように、きく。

「ああ。飲みたいんだ。いいだろう！」

橋本は、ケンカ腰で、声を荒らげた。

第六章　雪崩《なだれ》

1

いぜんとして、越後湯沢は雪の中だった。二日も晴れた日が続いたと思うと、どか雪が湯沢の町を埋めつくす。

今の橋本の気持は、それに似ていた。彼は、まいかの秘密を知ってしまったことを後悔している。余分の悩みが、生れてしまったからだった。

いっそ、何もかも忘れて、東京に帰ってしまおうと思う。長谷川章子と、透母子のことは、放っておけばいいだろう。

第一、二十歳《はたち》過ぎの青年を、自分の思う通りに動かそうという母親が、間違っているのだ。透の方だって、この際、女のことで悩んだり、苦労したりすれば、大人になるだろう。

菊乃とのことは、客と芸者以上の関係になったことが、そもそも間違いだったのだ。今、すっぱりと、彼女との間に、壁を作って、東京に引き揚げてしまえば、彼女のことでも、まいかのことでも、悩まずにすむ。

そう思い、帰り支度を始めるのだが、翌日には、また、気が変ってしまう。

透のことにも、金を貰っている以上、責任があると思うし、菊乃やまいかのことが気になって、帰れないことになってしまうのだ。

（こうして、おれは、ぐずぐずと、この湯沢にとどまって、結局、菊乃や、まいかを傷つけ、自分自身も、傷ついてしまうのではないか）

橋本は、別に、運命論者ではない。だが、どんな形になるのかはわからなかったが、暗い結末になる予感がする。それは、彼が、まいかの過去を知ってしまった瞬間に、決ったようなものという気がする。その、まいかの過去に、首を突っ込んだのは、彼自身の意志だったのだ。

晴れた一日、橋本は、うっせきする気分から、少しでも逃れたくて、ゴム長を借りて、散歩に出た。

周囲《まわり》のスキー場では、朝から、リフトが忙しく動き、ゲレンデでは、色とりどりのスキーウエアの若者たちが、歓声をあげている。

今は、そんな賑やかさが、うるさくしか感じられなかった。わざと、細い道へ入って行き、いつの間にか小さな神社の前へ来ていた。

雪に埋もれたような小さな、古い神社だった。有難いことに、境内には、人の姿はなく、ひっそりとしている。橋本は、別に、お参りするという気もなく、境内に入って行った。

雪をのせた鳥居。本殿の屋根にも、ずっしりと、雪が、積っている。

立ち止って、ぼんやりと、眺めていると、背後で、雪をふみしめる足音がして、若い女が、橋本の横を抜けて、行った。

女は、五、六歩、歩いて行ってから、急に立ち止って、振り向いた。菊乃だった。

「やっぱり、橋本さん」

と、菊乃が、微笑した。

「妙なところで会うね」

「橋本さんは、何しに、この神社へ？」

菊乃が、妙に、疲れた表情で、きいた。

「ぶらぶら、散歩してたら、いつの間にか、ここへ来てしまったんだ。君は？」

「今日は、神様に、お願いに来たの」

「何を？」

「まいかちゃんが、病気なんです」

「病気って、よほど悪いのか？」

「カゼをこじらせて、お医者さんの話では、肺炎になってしまって。熱が、三十九度もあるから、心配なの」

「僕も一緒に、お参りするよ」

橋本は、菊乃と並んで、本殿への石段をあがって行った。

本殿に近づくと、深い庇《ひさし》が、陽をさえぎり、しんしんと、寒かった。菊乃は、ほの白い顔を、緊張させ、サイ銭を投げ、鈴を振って、手を合せている。

橋本が、顔をあげても、菊乃は、まだ、祈っている。

橋本は、彼女が、終るのを、じっと待った。

そのあと、神社を出たところで、

「なぜ、ずっと、呼んでくれなかったの？」

と、菊乃が、いった。

「ちょっと、ヤボ用があってね」

橋本が、いうと、菊乃は、じっと、彼の顔を見て、

「草津へ行って来たんですってね」

「誰が、いったんだ？」

「まいかちゃんよ」

「おしゃべりだな。丁度、友人が草津へ来てい

てね。会いたいと電話がかかって来たんで、行って来たんだ。向うも、大雪だったよ」

「そのお友だちって、若くて、きれいな女の人なんでしょう?」

「とんでもない。大学のラグビー部のひげ面の大男だよ」

「赤い口紅をつけた大男?」

「それなら、楽しかったんだが、面白味のない奴でね」

橋本は、喋っている中《うち》に、自分の言葉が、滑ってしまっているのが、わかった。いや、菊乃の言葉も、空廻りしているのだ。菊乃は、橋本が草津へ行った理由を知っていて、ヤキモチのふりをして、本当の自分の気持を隠している。

橋本が黙ってしまうと、菊乃も黙ってしまった。

町に入ると、菊乃は、

「まいかちゃんの好きなプリンを買って行きたいんで、ごめんなさい」

と、ぺこりと頭を下げて、橋本の傍を離れて行った。が、また、戻って来て、

「今夜、呼んで下さい」

妙に真剣な眼で、橋本を見た。

2

久しぶりだった。いや、久しぶりのような気がした。少し緊張して、夕食を迎えた。いつもより、酒と、ビールを、多めに用意して貰う。へべれけになるまで、飲むことになりそうな気もしたからだ。

七時に、菊乃は、現われた。いつもより、少し濃い目の化粧をして、彼女の方も、緊張して

いるように見えた。神社で会った時のように、会話が空廻りして、空しくなるのが嫌だったから、橋本は、

「とにかく、飲もう」

と、いった。

「ええ。飲みましょう」

菊乃も、ほっとした顔で、応じた。

しばらくの間、黙って、飲んでいた。橋本の方は、いくらでも、菊乃にききたいことがあるのだが、それが口に出来ない。彼女の方も、どこか、橋本の気持を窺っているようなところがあって、言葉を押さえてしまっている感じだった。

今夜は、珍しく、菊乃の方が先に酔っ払った。ここに来る前にも、かなり飲んでいたらしい。濃い化粧は、それを隠すためだったのか。

酔って、やっと、菊乃が、菊乃らしくなってきた。

「まだ、決心がつかないの？」

「何が？」

「この湯沢が好きなら、さっさと決心して、この女将《おかみ》さんと一緒になりなさいよ」

「また、その話か」

「橋本さんて、意外に、優柔不断なのね。湯沢にいたいけど、仕事と、お金がなくて、困っているんでしょう。それなら、一番いいのは、この女将さんと、一緒になることよ。女将さんだって、あなたのことを嫌いだとは、いっていないんだから」

「一緒になるんなら、君との方が、ありがたいな。ここの女将さんは、別に嫌いじゃないが、好きでもないからね。君を、好きだ」

「あたしと、一緒になって、何をやるの？　芸者のヒモなんて、みっともないわよ」

「置屋のオヤジも、悪くないな」

「バカね。一日中、寝てればいいと思ってるんでしょうけど、電話を取ったり、帳簿をつけたり、女の子の悩みをきいてやったり、大変よ。橋本さんには、とても、やっていけないな」

　菊乃が、笑う。

「話をきくだけなら、やれるんだが」

「それだけじゃ、駄目。それに、橋本さんは意外に真面目だから、芸者のヒモにもなり切れないと思う」

「つまり、おれは、中途半端な人間というわけだ」

「まあ、そうね」

「それなら、旅館のオヤジだって、勤まらないと思うがね」

「その点は、大丈夫よ。女将さんが、しっかりしてれば、何とかなるの。旅館は、女将さんが看板なんだから、ダンナは、裏で、三味線を習ったり、お茶の勉強をしてればいいんだから」

　菊乃は、そういって、また笑う。

　また、話が、空廻りし始めている。橋本と、ここの女将の話は、菊乃も、もう諦めている筈だし、彼に、その気がないことも、わかっている筈なのだ。それなのに、繰り返すのは、一番、ぶなんな話だと思っているからだろう。

　橋本は、ちょっと黙ってしまってから、思い切って、

「さっきの話だけどね」

「さっきの話って？」

「神社の境内で会った時のことさ」

「ええ」

「君は、まいかが、カゼをこじらせて、肺炎になったので、お参りに来たんだと、いってた――」

「ええ」

「あれ、嘘なんだろう?」

「どうして?」

「今は、特効薬があるから、肺炎といっても怖い病気じゃない。体力が弱っている老人なんかだと心配だが、まいかは、若いからね。それなのに、わざわざ、回復を、神社に祈願するというのは、ちょっと、おかしいと思ったんだ」

「別におかしくはないと、思うけど。それだけ、まいかちゃんのことが、心配なのよ。何しろ、ひとりしかいない妹分だから」

「君が、まいかちゃんのことを、心配しているのはよくわかるよ。だが、肺炎というのは、嘘だと思うんだ」

「じゃあ、何だと思うの?」

菊乃は、挑戦するような眼で、橋本を見た。

「間違ったら謝まる。まいかは、自殺を図ったんじゃないの?」

橋本は、いった。

「――――」

菊乃は、じっと、橋本を見たまま、黙っている。

「やっぱり、自殺を図ったのか」

「なぜ、知ってるの?」

「ただ、そう思っただけだ。何か、精神が不安定みたいに見えたから」

とだけ、橋本は、いった。

「あの子は、バカよ」

「そうか。君には、まいかが、バカに見えるのか」

「苦しんでいるんなら、あたしに、相談してくれればいいのに、いきなり、睡眠薬なんか、飲むんだから」

「それで、具合は、どうなの？　助かるのか？」

「お医者さんは、助かるといってるけど、まだ、眠り続けているわ」

「病院は？」

「K病院の集中治療室」

「君は、知ってるんじゃないのか？」

「何を？」

「まいかが、自殺を図った理由だよ」

「――」

また、菊乃は、黙ってしまった。そして、探るような眼で、橋本を見て、

「あなたも、嘘をついてるわね」

「草津へ行った理由《わけ》か？」

「ええ。お友だちに会ったというのは、嘘なんでしょう？」

「ああ、嘘だ」

と、いってから、橋本は、座り直した。

「どうしたの？　怖い顔をして？」

「もう、狐と狸の化し合いみたいなことは、やめようじゃないか。正直に、全部、話してくれないかな」

「何のこと？」

「まいかのことだ」

「駄目よ」

「なぜ、駄目なんだ？」

橋本が、きくと、今度は、菊乃が、きつい眼になって、

「橋本さんは、他人だわ。本当に、相談に乗ってくれるわけじゃない。そんな人に、話しても、無駄だわ」

「僕は、他人か」

「そうよ。それとも、一緒に死んでくれといったら、死んでくれるの？　まいかちゃんが、同じことをいったら、死んでくれるの？」

菊乃は、問い詰める調子できく。

橋本は、誰かに、同じことを、いわれたことがある。名前は忘れたが、いわれた言葉だけは、はっきり覚えている。一緒に死んでくれといわれたのではなかった。刑事になりたての時で、殺人犯の女に惚れてしまった。彼女は、橋本に向って、本当に、私のことが好きなら、アリバイを証明して、逃がしてくれといったのだ。つまり、刑事の正義感を捨てろといったことになる。

橋本は、それが出来なくて、彼女を逮捕した。そうすることが、本当の愛情だと思ったからだが、今になると、自信がない。一緒に地獄に落ちるのが怖いからの自己弁明にすぎないからだ。

今も同じで、橋本は、引けてしまう。いいわけはいくらでも出来る。一緒に死ぬだけが、愛情じゃないだろう。もっと建設的なことを考えよう、エトセトラ。

だが、それが、逃げ口上だということは、自分にもわかっている。

「悪いが、一緒には死ねない」

と、橋本は、いった。

「やっぱりね」

「僕を軽蔑したか？」

「いいえ。橋本さんは、正直な人だと思った。

もし、ああ、一緒に死んでやるといったら、軽蔑したと思う。そんなの、嘘に決ってるから」

「僕はね、知らなくてもいいことを、知ってしまった。それが、苦しくてね」

「ヤケ酒?」

「仲居にきいたのか?」

「ええ。橋本さんも、おかしいわ。他人のことで悩んだり、ヤケ酒を飲んだり――」

「人間が、ヤワに出来てるんだ」

「元刑事さんなのに?」

「だから、刑事は、馘《くび》になってる」

「ねえ。橋本さん。お願いがあるの。もう、一緒に死んでくれなんていわないから、きいて欲しい」

「いいよ」

「あなたが、何を調べたのか、だいたい想像がつくけど、あたしは、きかない。いえ、ききたくない。だから、あたしと、まいかのことは、放っておいて欲しいの。あたしたちが、どうなろうと」

「まるで、僕に、東京に帰れといっているみたいだな」

「あなたにとっても、一番、それがいいかも知れないわ。あたしは、寂しくなるけど」

「僕だって、寂しくなる」

「じゃあ、湯沢にいなさい。でも、約束は守れる? あたしや、まいかちゃんのことで、何もしない?」

「心配するくらいは、いいだろう?」

「心配するだけならいいけど、あなたは、それだけじゃ、我慢できない人だから困るの」

「僕が? 我慢できない――?」

「そう。あなたは優しいの。普段の時なら、男の優しさって、女には、有難いし、嬉しいわ。でも、それが、うとましいこともあるの。それを、わかって欲しいの」

「今が、その時ということか？」

「ええ。あたしね、何回もいうけど、まいかちゃんを死なせたくない。守ってあげたい。いいえ、守ってやるつもりでいるわ」

「僕だって、別に、まいかが不幸になればいいなんて、思ってやしない。君も、まいかも、幸福になって欲しいと思ってるんだ」

「それなのに、わざわざ、草津へ行ったのね？」

「今は、草津へ行ったことを、後悔している。草津でわかったことは、忘れたいと思っているよ」

「忘れられる？」

「どうしても忘れられなかったら、東京に帰るよ。東京へ帰れば、忘れられるだろうからね」

「そう」

「信用しない顔だな」

「いいわ。忘れろというのが無理なのね。だから、忘れたふりをしてくれるだけでいいわ。まいかちゃんに対しても、県警の刑事さんにも、忘れたふりを通して頂戴。これは、約束してね」

菊乃は、小指を差し出した。その小指に、橋本は、自分の小指をからませる。

「嘘ついたら、針千本飲ーます」

菊乃が、唄うように、いう。

(細い指だな)

橋本は、それぱかり思っていた。

また、金がなくなった。今度は、長谷川透に借りるというわけにもいかず、橋本は、いったん、東京に帰ることにした。

3

久しぶりの東京だった。

雪のない景色が、いやに、新鮮に、感じられた。

橋本は、警視庁を訪ね、十津川警部に、会った。まいかのことを調べて貰った礼をいうためである。

十津川は、庁内の喫茶室に、橋本を誘って、コーヒーを頼んでから、

「少し痩せたね」

と、いった。

「そうですか。自分では、気がつきませんが」

「私でよければ、相談にのるがね」

「私が、悩んでいるように、見えますか?」

橋本が、きくと、十津川は、笑った。

「そんなきき方をするのが、悩んでいる証拠だ」

「誰にも、相談できないことなので、申しわけありません」

「そうか」

「柄にもなく、この頃、愛とか、心とかについて、考えています」

「悪いことじゃないが、考えても、どうしようもない愛だってあるだろう?」

「そうです。それに、本当の愛情というのは、何なのか、わからなくなっています」

と、橋本は、いった。

「深刻だな」

「また、越後湯沢に行きます」

「金はあるのか？」

「全財産、おろしてきました。と、いっても、たいした額じゃありませんが」

「湯沢は、まだ雪だろう？」

「そうです。雪に埋っています」

と、橋本は、いってから、

「警部は、女性に、一緒に死んでくれと、いわれたことがありますか？」

と、きいた。

十津川は、すぐには、返事をせず、運ばれてきたコーヒーに手をやってから、

「冗談でいわれたことはある。君は、湯沢で、いわれたのか？」

「私の場合も、冗談です」

橋本は、わざと、笑っていい、十津川にならって、コーヒーを口に運んだ。

十津川は、橋本を見つめて、

「君は、いくつだったかな？」

「もう三十歳になります。いい年です」

「間違いを起こしやすい年でもあるよ。何かしなければと、焦り出す年齢《とし》でもあるしね」

「自戒します」

と、橋本は、いった。

そのあと、取り留めもない話をして、橋本は、十津川と、別れた。

彼に、何か相談しようという気は、最初から、なかった。

菊乃のこと、まいかのこと、長谷川透のこと、旅館の女将のこと、相談したいことは、いくらでもあった。橋本が、相談すれば、十津川は、真面目に、応じてくれるだろう。

だが、結局、自分が、最後には、決断しなければならないことなのだ。

十津川は、もう、越後湯沢には行かない方がいいと、忠告するかも知れない。橋本自身も、行かない方がいいと、思っている。

だが、結局、行ってしまうだろうことも、わかっているのだ。

警視庁を出ると、橋本は、まっすぐ、東京駅に向った。越後湯沢へ行くためである。

上越新幹線に乗る。三月も、もう末だというのに、上越にスキーに行く若者たちの姿が、車内にあふれていた。そのカラフルなスキーウエアが、いやでも、雪の匂いを伝えてくれる。

越後湯沢に近づくにつれて、窓の外が、白くなっていった。だが、その白さは、どこか頼りない感じがした。

春が、そこまで来ている感じで、雪をかむった畠のところどころが、黒く、変色し、土がのぞいているし、陽の当った民家の屋根からは、雪が溶けて、水滴が、したたり落ちている。

だが、大清水トンネルを、列車が、いっきに走り抜けたとたん、そこは、まだ、春が来ていない、冬のシーズンの世界なのだと、思い知らされた。

それが、橋本には、嬉しかった。変っていない、「雪国」だったからである。

橋本が、いろは旅館に着くと、女将や、仲居たちは、「お帰りなさい」と、彼を迎えてくれた。

彼が、一番、気にかかっていたのは、まいかの容態だった。肺炎で、入院したことになっているが、自殺を図ったことは、もうわかっている。だから、余計に、心配だったのだ。

一日おいて、橋本は、まいかの入院している病院に、小さな花束を買い、見舞いに行った。

入口で、雪を払い、三階の病室を教えられて、階段をあがる。

三階に着くと、廊下に、長谷川透の姿があった。近寄って、声をかける。

「君も、まいかの見舞いか」

「今、医者が、診《み》ているんです」

と、透は、いってから、急に、声をひそめて、

「カゼをこじらせて、肺炎になったといっているけど、橋本さんは、本当だと思いますか？」

「なぜ？」

「何かおかしいんですよ。カゼをひいたなんてきいていませんでしたからね。それが、突然、肺炎になって、救急車で運ばれたというし――」

「見舞いに来たんだから、変なことを、きかない方がいいよ」

「わかってますが――」

「君は、東京に帰らないのか？　お母さんは、早く、帰って来て貰いたいようだよ」

「少くとも、大学が始まるまでは、この湯沢にいたいんです」

と、透は、いった。

医者が、診察を了えて出て来て、看護婦が、二人を招き入れた。

まいかは、青い顔で、微笑した。

「心配したよ」

と、透が、いった。橋本は、黙って、持って来た花束を、花びんに生けた。

「もう、良くなったみたいだ」

透が、いっている。

「あと、三日で、退院できるって」

と、まいかが、答えている。

「若いんだから、すぐ治るさ。また、一緒に滑ろうよ」

「そうね」

「肺炎って、どうなんだ？　熱が出るんだろう？」

透が、まいかに、いろいろとききたい気持が、顔色に出ている。橋本に、釘を刺されているので、ずばりとききけずにいるのだ。

「三十九度も出たわ」

と、まいかは、いう。困ったなという顔だ。

橋本は、助け舟を出すように、

「とにかく、安心したよ。また、君と、飲みたいよ。もちろん、菊乃を入れてさ」

と、まいかに、声をかけた。

まいかも、ほっとした顔で、

「みんなで、飲みましょうよ。入院してたら、お酒の味、忘れちゃった」

「ここじゃ、飲んじゃいけないんだろう？　いいんなら、今度、持って来てやるよ」

「ありがとう」

「菊乃さんも、見舞いに来るんだろう？」

透が、きいた。

「毎日、来てくれる」

「なぜ、僕たちと一緒に来ないんだ？　今日、誘ったら、断られたんだ」

透が、文句を、いった。

「菊乃姐さんは、いろいろと、忙しいの」

「そうかな。何か、隠しているような気がして仕方がないんだ」

と、透は、いう。彼にしてみれば、知りたいことは、いくらでもあるのだろう。

「そろそろ、失礼しようじゃないか。まいかだって、疲れるよ。まだ、完全に治っていないんだから」

橋本は、透にいい、引っ張るようにして、病室を出た。

そこで、階段をあがって来た県警の川野刑事に、会った。川野は、橋本に向って、

「いいところで会いました。あなたに、ききたいことが、沢山あるんですよ」

「僕に？」

「そうです。つき合って下さい」

「まいかに会いに来たんじゃないんですか？」

「そうですが、彼女より、あなたと話をしたくなりました」

と、川野は、いう。

橋本は、透を先に帰してから、川野と、病院の近くにある喫茶店に入った。

「今日は、私に、おごらせて下さい」

と、川野はいい、コーヒーを頼んでから、窓の外に眼をやって、

「また、降って来た。東京の橋本さんは、いいでしょうが、この土地に生れ育った私は、うんざりします」

橋本も、窓の外に、眼をやった。さっきまで晴れていたのに、白いものが、ちらつき、おまけに、遠くで、雷が鳴っていた。

コーヒーが、運ばれてくる。川野は、砂糖を何杯も入れて、かき廻しながら、

「本部長に、ハッパをかけられてるんですよ」

「ああ、神崎秀男が、殺された事件のことですか？」

「そうです。早く、犯人をあげろってね。それに、長谷川透が、刺された事件も、まだ、犯人がわかっていません。何を手間どっているんだというわけです」

「上の人は、第一線の苦労が、わからないから」

「ブラックですか？」

「え？」

「コーヒーに、砂糖を入れないんですか？」

「入れたことがないんです。別に、太るのが怖いんじゃありません」

「私は、糖尿を注意されるんだが、砂糖抜きのコーヒーなんか、飲めなくて――」

川野は、砂糖を五、六杯入れたコーヒーを、美味そうに、飲んだ。

橋本は、川野が何をきく気なのかと思いながら、煙草を咥えて、火をつけた。雪は、止《や》みそうもない。

「どうも、私は、間違っていたらしい」

川野が、ひとりごとみたいに、いった。何をいっているのか、すぐわかったが、橋本は、

「何がですか？」

「二つの事件の犯人ですよ」

「菊乃を犯人だと思っていたんでしょう？」

「そうです。動機があるし、状況証拠も、彼女が、犯人だと示しているように見えたんですがねえ」

「違ったんですか？」

「まだ、わかりませんが、犯人は、菊乃ではないんじゃないかと――」

「どうしてです？」

「橋本さん」

「何ですか？」

「私を、嘲笑《わら》っていたんじゃありませんか？　私が、菊乃を追い廻していたんで、バカなことをしている、地方の刑事は、これだから困ると思って」

「とんでもない。第一、僕は、刑事を辞めさせられた男ですよ。失格の烙印を押されたんです。あなたを嘲笑う資格なんかありません。それどころか、鋭いところを見ていると、感心していたんです」

「そういって下さるのは嬉しいが、私は、間違っていたんです。ただ、どう間違っていたかがわからなくて、困っているんです。助けてくれませんか？」

「なぜ、僕に、そんなことを――」

「あなたは、いつだったか、私が、いつから、ここで刑事をやっているか、きいたことがありましたね」

「そんなことを、ききましたかね」

「私は、まだ五年だといったら、あなたは、ニヤッとした」

「僕は、五年もやっているのかと、感心したんですよ」

「いや、違います。違うことに、やっと気がついたんです。あなたは、ほっとしたんだ。それじゃあ、気がつかないなと、思ったんでしょう？」

「何のことです？」

「私は、悩みましたよ。私は、何に、気がついていないのだろうかと。そこで、調べました。五年以前昔に、あったことをです」

「それで？」

「わかりました。十年前に、殺された神崎秀男が、この湯沢から、東京へ出て行っているんです。菊乃の母親の清乃と別れてね。あなたが、ニヤッとしたのは、そのことだと、わかったんです」

「なるほど」

「もう一つ。橋本さんは、草津へ行かれましたね？」

「誰にきいたんですか？」

「私だって、刑事の端くれですよ。調べるのが仕事です」

「草津に来ている友人に会いに行ったんです」

「それが嘘だというのは、わかるんですが――」

「嘘じゃありませんよ」

「まあいいです。湯沢では、まいかが、急病で、入院しました」

「僕は、カゼをこじらせて、肺炎になったときいていますがね」

「いいかげんに、狐と狸の化し合いは、止めようじゃありませんか」

と、川野は、いった。橋本は、同じことを、自分が、菊乃に向って、いったのを思い出して、つい、笑ってしまった。

川野は、むっとした顔になって、

「おかしいですか？」

「いや、別に。それで、川野さんは、まいかが、どうして入院したと、思っているんですか？」

「彼女を、病院に運んだ救急車の隊員と、診察した医者に、きいてみました。こんなときには、警察手帳が、役に立ちますよ。それで、まいかが、睡眠薬を多量に飲んだことがわかりました。橋本さんは、とっくに、知っていたと思いますがね」

「いや、初耳です。僕は、肺炎だとばかり思っていたんです。今日、見舞いに行ったときも、そうだと思っていましたよ」

「まあ、そうしておきましょう。菊乃も、母親の清乃も、間違えて、多量に飲んだといっていますが、私は、そんなこと、信じませんよ」

「じゃあ、何だと、思われたんですか？」

「自殺未遂ですよ。間違いないんだ」

「しかし、まいかが、なぜ、自殺未遂なんかするんですか？」

「それを、あなたに、ききたいんですよ。あなたは、その理由を知っていると思っているんですがね」

と、川野は、いう。

「とんでもない。今もいったように、僕は、肺炎で、入院したとばかり、思っていたんですから。今だって、自殺未遂なんか、信じられませんよ」

橋本は、白ばくれた。川野は、構わずに、

「それで、私は、こう思ったんです。今まで、神崎秀男を殺したのは、菊乃だと思っていたが、ひょっとすると、まいかではないかとです」

「そう考える理由は、何ですか？　自殺未遂のためですか？」

「それもありますが、そう思って、まいかについて、調べてみると、それが、はっきりしないんですよ。参りました。菊乃と同じ置屋で、妹分の芸者とわかっているんですが、これ以上のことが、いっこうに、わからないんです。高校二年のときに、清乃がおかみさんをやっている置屋の世話になって、菊乃の後を追うように、芸者になったというのは、誰でも知ってるんだが、その前が、わからないんですよ。その、はっきりしない部分に、今度の事件の謎を解くカギがありそうな気がして、仕方がないんです。自殺を図った理由もね。橋本さん、あなたが、何か知っていたら、教えて下さい。今回の事件を解決するために」

「ここの警察がわからないことを、僕が、知っているわけがないでしょう?」

「明日にでも、草津へ行ってみようかと、思っているのですよ」

と、川野が、いった。

「何のためにですか?」

「もちろん、あなたが、何のために、草津へ行かれたのか、それが知りたいからです。あなたが、何もかも話して下されば、草津へ行かなくても、いいんですがねえ」

川野は、じろりと、橋本を見た。

4

翌日、川野は、本当に、草津へ出かけたらしい。普通なら、その熱心さに、敬意を表するのだが、橋本は、怖くなった。川野は、間違いなく、橋本が、草津で知ったことを、調べて、戻って来るだろう。そして、菊乃を追い廻したと同じ熱心さ、しつこさで、今度は、まいかを、追い廻すに違いない。菊乃は、それに耐えたが、まいかは、どうだろう? また、自殺を図るのではないか。

橋本は、鬱屈した気分を晴らそうと、昼食のあと、部屋で、ビールを飲んだ。

仲居は、缶ビールを持って来てくれたが、

「身体に気をつけて下さいよ。このところ、少し、飲み過ぎですよ。女将さんも、心配しています」

と、本気で、いった。

「何だか、気が滅入ってね」

「いい天気なんだから、スキーに行ってらっしゃったら、どうです？」

「今日は、いい天気なの？」

「カーテンなんか引いてたら、わからないじゃありませんか」

仲居は、立ち上がって、窓のカーテンを、開け放した。とたんに、部屋一杯に、早春の陽が、射し込んで来た。

橋本は、眼をしばたたいて、

「いい天気なんだ」

「そうですよ。もう、春が、来てるんです。こんな日に、スキーをやると、いいですよ。上半身裸で、滑る人もいるんです」

「そんな元気は、僕にはないよ」

「困った人ですねえ。菊乃さんと、ケンカでもしたんですか？」

「いや」

「まいかちゃんだって、あす、退院するというのに」

「明日、退院するのか？」

「昼前に女将さんがお見舞いに行って、きいて来たんです」

「じゃあ、一日早くなったんだ」

「若いから、治るのも、早いんでしょうね。橋本さんだって、若いんだから」

仲居が、励ますようにいったとき、遠く、山の方で、遠雷のような音がした。

橋本は、缶ビールを下において、

「何だろう？　今の音は」

「雷みたいでしたけど――」

仲居も、腰を浮かした恰好で、窓の外に眼をやった。

女将が、階段を駈けあがってきて、

「二階から、見えないかしら？」

と、窓の外を見た。

「何があったんです？」

橋本が、きいた。

「近くのゲレンデで、雪崩《なだれ》があったんですって」

「じゃあ、今の音は、雪崩の音だったの？」

「あっ、雪煙りがあがっている」

女将の声で、橋本と仲居も、立ち上って、彼女と同じ方向に、眼をやった。

遠くの山肌にリフトが見え、ゲレンデが見える筈だった。しかし、雪煙りがあがり、いつも見えるゲレンデが、見えない。

また、遠雷のような音がした。雪崩が、連続して、起きているらしい。今度は、方角が違うらしく、雪煙りは見えなかった。

「もう、春が、そこまで来てるんですよ」

女将は、腰を下して、橋本に、いった。

「春が来ると、いつも、雪崩が起きるの？」

と、橋本は、きいた。

「ええ。今日みたいに、急に暖かくなると、雪崩が、起きるんです。怪我人が出てなきゃあ、いいんですけどね」

女将は、心配そうにいってから、下へおりて行った。

「雪崩か」

と、橋本は、呟いた。

「どうしたんです？　そんなに、心配そうな顔をして。めったに、人が巻き込まれやしないから、安心して下さいな」

仲居が、笑っている。

橋本は、そんな心配をしているのではなかった。雪崩の音から、不吉なことを連想していたのだ。自分のまわりで、いろいろなものが、音をたてて、崩れていくのを、連想したのだった。

翌日の新聞に、雪崩のことが出ていた。

写真も、のっていた。その時、ゲレンデにいたスキーヤーの何人かが、カメラを構えて、シャッターを切り、雪崩を写していたのだ。

雪崩の写真は、美しかった。白い雪煙りが、高く、立ち昇っている写真である。


〈春の到来を告げる雪崩〉


と、新聞は、書いていた。湯沢周辺のスキー場の合計、四ヵ所で、雪崩が起きたが、仲居がいったように、犠牲者は、一人も出なかったらしい。

その夜、橋本は、菊乃を呼んだ。

彼女は、部屋に入って来ると、

「まいかちゃんも、一緒に来たがってたんだけど、退院したばかりだから置いて来たわ」

と、橋本に、いった。

「まいか？　完全に、よくなったの？」

「どういうこと？　それ」

と、菊乃が、眉を寄せた。

「どうしたんだ？　やたらに、とがっているじゃないか。僕は、ただ、まいかのことを心配してきいただけだ」

「すいません。あたしね、変に、神経質になってるんです」

「そうだよ。君が落ち着いていないと、まいかも、落ち着けないと、思うね」

「そうね。よくわかってるんだけど――」

「君のお母さんは、どうしてるんだ？」

「あたしのお母さん？」

「ああ。清乃さんっていったっけ。まいかが自殺を図ったんで、その清乃さんも、びっくりしていると思うんだけど」

「母のことは、やめましょうよ。お酒が、まずくなるわ。話が、所帯じみるから」

「そうかな？」

「そうよ。あたしが、橋本さんの家族のことを、あれこれきいたら、嫌になるでしょう？」

菊乃は、そういい、酒を、橋本に注ぎ、自分も飲んだ。

橋本は、しばらく、黙って、飲んでいたが、

「昨日、雪崩があったね」

と、いった。

「ええ。春なのよ。やっと、雪の季節が終るわ」

「君でも、雪の季節は、嫌か？」

「いつもは、そうだけど、今年は、春になるのが、怖いわ」

「どうして？」

「何か、嫌なことが、起きるような気がするの。あたしの予感は、嫌なことだけ、よく当るのよ」

「そんなこと、ないと思うがね――」

「気のないいい方ね。橋本さんも、あたしと同じ予感を持ってるんでしょう？　春になると、嫌なことが起きると――」

「暗いことばかり考えるのは、良くないな」

と、橋本は、いったが、菊乃は、きいてなかったみたいに、

「ここへ来る途中で、川野刑事さんに会ったの」

「何かいってたか？」

「あたしの顔を見て、ニヤッと笑って、草津へ行って、いろいろ調べて来たって、いってたわ」

「本当に、草津へ行ったんだ」

「橋本さん、草津のことで、あの刑事に、何か教えたんじゃないの？」

「何もいわないよ」

「あたしね、あの刑事さんが怖いの」

本当に、怯えたような顔を、菊乃がする。

「どうして、怖いんだ？」

「彼がね、あたしと、まいかを、追いつめてくるような気がして、仕方がないの」

と、菊乃は、いった。

彼女の怯えは、現実になりそうな気が、橋本にもしている。あの刑事は、着実に、菊乃と、まいかを、追いつめていくだろう。

「僕が、君も、まいかも守ってやるといえればいいんだが」

と、橋本は、いった。

菊乃は、弱々しく、微笑して、

「ありがとう。そういってくれるだけで、十分よ」

「僕には、力もないし、勇気もない」

「いいの、わかってる」

「そんなに嫌な奴なら、僕が殺してやる。そういえれば、僕も、気が楽なんだが」

「バカね。そんなこと、めったにいうものじゃ

ないわ」

と、菊乃は、また笑った。今度は、前より、明るさの感じられる笑顔だった。

「君とも、まいかとも、一緒に、酒を飲むくらいのことしか出来ないんだ」

なおも、橋本はいった。自分をいじめるような言葉を口にしていないと、激しい自己嫌悪に落ち込んでいきそうな気がしたからだった。

「じゃあ、今夜、へべれけになるまで、飲んでくれる?」

「いいよ」

「じゃあ、飲むわ。あなたも飲みなさい」

と、菊乃は、いった。

まるで、飲むことで、不安が消えると考えているかのように、二人は、飲んだ。

どちらが先に、酔い潰れたのか、橋本は、覚えていない。

電話が鳴って、橋本が、眼をさました時、菊乃が傍に寝ているのに、気がついた。彼女に、布団をかけてやったのが、自分だったか、仲居が来てかけたのかも、覚えていない。

橋本は、電話機を取った。

「十津川だ。まだ、起きていたのか?」

と、相手が、いった。

「大丈夫です。起きてました」

「時間の遅いのは、わかっていたが、君に、早く知らせた方がいいと思ってね」

「何があったんですか?」

「今夜、改めて、新潟県警から、うちに、捜査への協力要請があった」

「ありましたか?」

「十年前に、越後湯沢から、東京へ出た神崎秀男について、その後の行動を調べて欲しいという要請だ」

「――」

「女性と一緒に、東京へ出たと思うので、その女性のことも、調べて欲しい。また、女の子がいた筈なので、その子供のことも、詳しく調べてくれということだったよ」

「やっぱり、そういって来ましたか?」

「私としては、わざと、報告をおくらせたり、嘘を、新潟県警に報告するわけにはいかないのだ」

「よくわかっています」

「だから、君に知らせたことを、そのまま、県警に知らせることになる」

「そうして下さい」

「君は、それでいいのか?」

「県警に、川野という刑事がいます。平凡な感じの男ですが優秀な刑事です」

「うん」

「警部が、何も知らせなければ、川野刑事は、自分で、東京に行き、必要なことは、すべて、調べあげるでしょう。そういう男です」

「そうか」

「どちらにしろ、同じことです」

と、橋本は、いった。

川野が、いずれ、菊乃や、まいかを追いつめるだろうことは、予想していた。それが少し早くなったのだ。菊乃と、まいかが、追いつめられるということは、橋本自身が、追いつめられるということでもある。

橋本は、受話器を持ったまま、寝ている菊乃に眼をやった。

少し、青白い感じの横顔を見せて、眠っている。軽い寝息が聞こえる。

急に、無性に、菊乃がいとおしくなった。

「おい、大丈夫か？」

耳に、十津川の声が聞こえた。橋本が、黙ってしまったので、心配したのだろう。

「警部は、結婚して、よかったと思っていらっしゃいますか？」

「突然、何だい？」

電話の向うで、十津川が苦笑している感じの声になった。

「奥さんを愛していらっしゃいますか？」

「どうしたんだ？　おい」

「女性を愛するということは、素晴らしいことですよね？　警部」

「ああ、素晴らしいことだよ」

「そうでしょうね」

と、橋本が、いったとき、遠くで、雷のような音が聞こえた。

また、雪崩だろうか？

「おい、どうしたんだ？」

十津川が、きいた。

再び、雷のような音。しかし、雪崩ではなかった。

本当の遠雷だった。

第七章　終　章

1

川野が、また、いろは旅館にやって来た。橋本に会うと、

「やっと、春の匂いがしてきました。草津では、梅がほころんでいました」

「そんなことをいうために、僕に会いに来たんですか？」

「橋本さんは、春が嫌いですか？　雪国に生れ育った私なんかは、雪にうんざりしていて、春の足音を聞くと、わくわくしてくるんですよ。それを、誰かに、いいたくて、仕方がないんです」

川野は、のんびりと、いう。

橋本の方が、逆に、いらいらしてきて、

「川野さんは、容疑者の訊問の時も、その調子でやるんですか？」

「この調子って、何のことです？」

「わざと、いらいらさせるというやり方ですよ」

橋本が、いうと、川野は、頭をかいて、

「これは、失礼しました。全く、そんな気持じゃなかったんです。雪国の生れなもので、春めいてくると、無性に嬉しくなるんですよ」

「十津川警部に聞きましたよ。新潟県警から要

請があって、まいかの母親のことも話したと」

　橋本は、自分の方から、いった。

「そうなんです。十津川さんには、いろいろと、教えて頂きました。大いに、参考になりました」

　川野は、嬉しそうに、いった。

「それは、良かったですね」

　橋本は、そっけなく、いった。この刑事は、どんどん、菊乃とまいかを追いつめていくだろう。そんな話を聞くのは、嬉しくなかった。勝手にやってくれといいたい気持だった。

「それで、ぜひ、橋本さんに、協力して頂きたいのですよ」

　と、川野は、妙に、へりくだったような、いい方をする。橋本は、ますます、不愉快になってきて、

「僕は、もう警察の人間じゃありません。民間人ですよ。第一、僕は、今回の事件では、何もわからないんです」

「そういわずに、ぜひ、協力を、お願いしたいんですがね」

「僕は、あなたが、優秀な刑事だと思っているんです。妙に、遠慮深い態度をとるけど、本当は、自信満々なのだと思う。もう、何もかもわかったんでしょう？　草津にも行って来ているんだから」

　橋本は、意地悪く、いった。

「確かに、わかったことは、沢山あります。まいかの母親が、草津で亡くなったことも、まいかの父親が、神崎秀男だということもです。つまり、まいかと菊乃は、異母姉妹ということです。そんなことは、橋本さんは、とっくに、ご存知だったと思いますが」

「――」

「神崎は、十年ぶりに、郷里の湯沢に帰って来ました。私たちは、彼が、菊乃や、彼女の母親の清乃に、頼って帰って来て、また、金の無心でもするんだろうと、思い込んでいたんですが、そうじゃなかったんですよ。神崎が当てにしていたのは、東京でずっと一緒にいた、まいかの方だったのです。それを知らないものだから、私なんかは、てっきり菊乃が、神崎を邪魔にして、殺してしまったと、勘違いしてしまって。橋本さんの眼には、さぞ、バカな男だと思えたと思いますがね」

「いや、僕だって、まいかと、菊乃が、姉妹だなんて、知りませんでしたよ。ただ、菊乃の、まいかに対する態度が、単なる妹芸者に対してだけとは、思えなかったことは、ありましたがね」

「十日町で、神崎は、菊乃を追いかけて行ったのではなく、まいかを追いかけて行って、小遣いでも、せびったに違いありません。まいかは、あの通り、気性の激しい子だから、神崎が、自分や、母親に対してしてきたことを思い出し、かっとして、雪の中で、殺してしまったんだと、私は見ています。ところが、菊乃が、まいかをかばい、その菊乃を、あなたが、かばって、ごちゃごちゃしてしまった。あなたが、神崎を殺したのは、菊乃だと思い込んで、いろいろと、彼女をかばったのも、無理はないと思います。あの時は、私だって、菊乃が、犯人だと、思ったんですから。しかし、今は、犯人は、まいかだと確信しています」

川野は、しっかりした口調で、いった。

橋本は、また、腹が立ってきた。確信しているのなら、それでいいじゃないか。それなのに、協力してくれというのは、何なのだろうか？

「まいかが、犯人だと確信しているのなら、さっさと、逮捕したら、いいじゃありませんか？僕の協力なぞ、必要ないでしょう」

「確信はあるのですが、肝心の証拠は、ありません」

川野は、肩をすくめて、見せた。

「本当に、証拠がないんですか？」

「ありません。十日町の殺人現場だって、菊乃によって、ぐちゃぐちゃにされてしまいました。彼女は、まいかが、犯人と知って、わざと、現場を踏み荒したんだと、思っています。多分、彼女の足袋に、血痕がついていると思うんですが、その足袋は、見つかりません。あの姉妹の間の愛情というのは、異常ですね。きっと、菊乃は、神崎を殺したのは、自分だというし、まいかも、自分だというでしょう。長谷川透という青年は、菊乃に惚れているから、証言は、期待できない。そうなると、橋本さん、あなたの証言しか、期待できないのですよ」

と、川野は、いう。

「僕は、何も知りませんよ」

「自分から、わざわざ、草津へ行ったのにですか。長谷川透が、果物ナイフで、背中を刺された時も、傍におられたのは、あなたですよ」

「ただ、近くにいただけで、何も見ていないんです」

「橋本さんは、あの犯人が、まいかだということも、ご存知だったんでしょう？」

「いや、知りません。本当に、まいかが、刺したんですか？」

「まいかは、異常と思えるほど、菊乃を愛している。本当の姉妹だから、当然ですがね。その菊乃が、透に言い寄られて、迷惑している。そう考えて、彼の背中を、果物ナイフで刺したんです。もちろん、殺す気はないから、浅い傷でしたがね。多分、刺された透自身も、犯人を知っていたんだと、思っていますがね」

「本人に聞いてみたら、どうなんですか？　彼が、まいかに刺されたといえば、傷害で、逮捕できるじゃありませんか」

橋本がいうと、川野が苦笑して、

「それが出来るくらいなら、とっくに、やっていますよ。肝心の長谷川透は、菊乃に惚れているから、彼女が悲しむような証言をする筈がありません。正直にいうと、橋本さんは、菊乃と一緒になるものとばかり思っていたんですよ。そうだとすると、協力はして頂けないと思っていたんですが、じっと見ていると、どうも、あなたには、その気がない。だから、事件への協力をお願い出来ると、思ったんです。彼女たちのことを、冷静に見ておられると、思いましてね」

と、いった。

その言葉は、橋本の耳に痛かった。

2

県警の刑事の姿が、急に、多くなった。彼等は、いろは旅館に現われ、菊乃やまいかのいる置屋の周辺をうろつき、聞き込みを始めた。刑事たちは、そうやって、殺人容疑で、まいかを追い詰めて行こうとしているのだ。

そんな中で、菊乃が、橋本に電話して来て、

「今夜、あたしと、まいかを、お座敷に呼んで」

と、いった。

「大丈夫なのか？」

と、橋本が、きいたのは、警察の動きを気にしたからなのだが、菊乃は、

「お金なら心配ないの。透さんが、全部、出してくれるわ」

「彼も一緒か？」

「ええ。四人で、賑やかに、騒ぎましょうよ。ここんとこ、ずっと、くさくさしてるわ。だから、思い切り、ぱあっとやりましょうよ」

弾んだいい方ではなかった。自棄気味ないい方に、これが、最後のお座敷という感じに聞こえて、橋本は、

「いいよ。今夜は、思いっきり騒ごう」

と、応えた。

夜になって、橋本の部屋に、透と、菊乃、まいかが集まって、酒になった。

菊乃が、三味線を弾き、まいかが唄い、橋本と透も、促されて、唄った。大声を出したが、どこか、空騒ぎの調子になってしまう。

ただ、酔った。

酔った菊乃が、橋本の耳に、口を寄せて、

「お願い。まいかと、逃げてやって」

と、囁いた。

橋本は、一瞬、何をいわれたのかわからなかった。というより自分と一緒に逃げてというように、聞こえたのだ。

「え？」

と、聞き返すと、

「まいかが可哀そうなの。一緒に逃げてやって。

何処へでもいいわ」

菊乃が、また、橋本の耳もとで、囁く。

橋本は、当惑した。

「急に、そんなことといわれてもね」

「やっぱり、駄目？」

「すぐには、答えようがないよ」

橋本が、いうと、菊乃は、急に、彼から身体を離して、ふらふらと、立ち上がり、

「悲しいなあ――」

と、呟きながら、窓のところへ、歩いて行った。

厚いカーテンを小さく開け、その隙間から、下に、

「畜生！」

と、叫んだ。

橋本は、驚いて、自分も、窓のところへ行って、旅館の前の道路を見下した。

県警の覆面パトカーが一台、駐《と》まっている。わざと、車内灯を点《つ》け、その明りの中に、川野の顔が、浮んでいる。見張っていることを、誇示しているように、見えた。

酒に弱い透が、もう、酔っ払って、寝てしまっている。

まいかは、彼に、掛布団をかけてやってから、菊乃の持って来た三味線を、いたずらしていた。その単調なひびきが、雨だれのように、ひびいている。

「お姐さん、何か弾いて下さい」

まいかが、菊乃に向っていう。

菊乃は、よろよろと、まいかの傍に、座り直すと、三味線を受け取って、

「何がいい？」

「何でもいい。お姐さんの三味線と、唄が聴きたいの」

まいかが、甘えたように、いう。

「じゃあ、あたしの知ってる民謡を、北から南へ、全部唄ってあげる」

菊乃は、バチを取ると、急に、しゃんとした姿勢になって、まず、江差追分を弾いて、唄った。酔っていたが、きれいな声だった。

それを唄い終ると、菊乃は、コップを、橋本に、突き出して、

「お酒注いで。そのくらいは、出来るでしょう?」

「からむんだな」

「ええ。今夜は、徹底的に、からんでやる」

青い顔でいって、菊乃は、コップに注がれた酒を、いっきに飲み干して、

「今度は、海を渡って、津軽」

と、いい、太棹ではなかったが、津軽三味線をまねて、弾いて見せた。

そして、また、「お酒!」と、橋本に向って、コップを、突き出した。

「大丈夫か?」

「何が?」

「そんなに、がぶのみしたら、身体に悪いよ」

「何いってるの。本当は、あたしの身体のことなんか心配してないくせに」

「弱ったね」

「何を弱ってるのよ」

「酔ってるね」

「酔ってなんかいないわ。その証拠を見せてあげる。今度は、新相馬——」

と、酔った声でいい、菊乃は、声を張りあげ

て、

〽はるか彼方はァ
　相馬の空かァーヨ

と、唄って見せたが、その途中で、三味線を抱えたまま、突っ伏してしまった。

「布団を敷いて、寝かせた方がいいな」

と、橋本は、いい、まいかと二人で、その場に布団を敷き、泥酔した菊乃を、寝かせた。

掛布団をかけてやったとき、菊乃の眼に、涙が光っているのが見えた。

(悲しいなあ――)

と、菊乃が呟いていたのを思い出して、橋本は、胸を打たれた。

橋本が、じっと、考え込んでいると、まいかが、心配したように、

「菊乃姐さんが、何をいったか知らないけど、気にしないで下さい」

と、いった。

「君は、大丈夫なのか？」

「何が？」

と、まいかがきく。まさか、父親殺しのこともいえず、

「カゼをこじらせて、寝ていたんだろう」

「それなら、もう治りました」

「それなら、いいんだが――」

「あたしが、難しいことをいうと、おかしいですか？」

まいかが、座り直して、橋本を見つめた。

「どんなこと？」

「人生とか、愛だとか、橋本さんに、聞いてみ

ようと思ったことがあるんです」

「悩みがあるなら、相談にのるよ」

「いいんです。もう」

急に、自分から、退《ひ》いてしまって、まいかは、畳の上の三味線を、片付けにかかった。

3

また、雪になった。

湯沢生れの仲居も、今年は、雪が多いと、いった。

「でも、もう、春だよ」

「だから、雪崩《なだれ》が起きるんですよ。今頃の新雪は」

と、仲居は、いった。

翌日は、その雪が止んで、眩しい初春の陽が射してきた。

午後になって、突然、川野刑事が、顔色を変えて、やって来た。

橋本の顔を見ると、いきなり、

「まいかが、何処へ行ったか、知りませんか?」

と、きいた。

「彼女が、どうかしたんですか?」

「本当に、知らないんですか?」

川野は、疑わしげにいう。橋本は、思わず、むっとして、

「僕は、まいかの番人じゃありませんよ。行先を知っているわけがないでしょう?」

「逃げたんです」

と、川野が、吐き捨てるように、いう。

「逃げた?」

橋本も、びっくりした。

「置屋の清乃や、菊乃も、知らないという。橋

本さん、あなたもだ。まさか、全員で、共謀して、逃がしたんじゃないでしょうね？」

川野の調子は、本当に、疑っている感じだった。

「まいかに、逮捕状が、出たんですか？」

と、橋本は、きいた。川野が、あまりにも、口惜しそうだったからである。

「やっと、今朝、令状が、おりたんです。それで、逮捕に向ったら、逃げたあとだった。私は、てっきり、菊乃か、あなたが逃がしたに違いないと、思ったんですがねえ。あなたは、菊乃に、逃がしてくれと、頼まれたんじゃありませんか？」

「なぜ、僕に頼むんですか？」

「菊乃が、あなたを、一番頼りにしていると、思っていたからですよ」

と、川野は、いった。

橋本は、酔った菊乃が、彼の耳元で、「まいかと、逃げてやって」と囁いたのを思い出した。その声が、あまりにも鮮明に、思い出されて、彼の胸を、刺し貫いた。

「僕には、そんなことは、出来ませんよ」

橋本は、いいわけみたいに、いった。

「そうでしょうね。あなたは、痩せても枯《か》れても、元警察官なんだ。殺人犯を、逃がす筈は、なかったんだ」

と、川野が、いう。

（そういうことじゃないんだ！）

橋本は、思わず、叫びたくなった。

だが、橋本は、叫ぶ代りに、

「じゃあ、誰が、まいかを逃がしたんですか？」

と、きいた。

「菊乃や、あなたじゃないと、残るのは——」

と、川野は、声に出して、いってから、

「あいつだ。長谷川透だ！」

と、叫び、いろは旅館から、飛び出して行った。

橋本は、呆然と、川野刑事を見送った。確かに、残るのは、長谷川透しかいないのだ。透の名前がでたとき、橋本を最初に襲ったのは、

（負けた）

という強い敗北感だった。

橋本は、菊乃の頼みを断った。まいかが、殺人犯だからだ。

それなのに、長谷川透は、引き受けた。甘えん坊の学生と軽蔑していた彼の方が、勇気があったのだ。

川野と入れ違いに、仲居が部屋にあがって来て、

「まいかちゃんが、いなくなったそうですよ。あの長谷川という学生さんと、駈け落ちをしたという噂ですよ」

と、教えてくれた。

「駈け落ち——？」

橋本が、きくと、仲居は、笑って、

「駈け落ちっていわないんですか？　あの学生さんは、てっきり、菊乃さんが好きだと思っていたんですけど、まいかちゃんに、変ったんですかねえ」

「二人は、何処へ行ったか、わかりますか？」

と、橋本は、きいた。

仲居は、声をひそめて、

「それが、変なんです。警察が、二人を、必死になって、探しているみたいなんですよ」

「そうですか」

「何でも、まいかちゃんが、人殺しをしたっていうんですけど、そんなこと、信じられます？」

「誰を殺したと、いってるの？」

「そうでしょう。まいかちゃんが、人殺しなんかするものですか。あたしは、あの学生さんが、何か事件を起こして、まいかちゃんが、それに同情して、一緒に逃げてるんだと、思ってるんですけどねえ」

「それで、何処へ、二人は逃げたんですか？」

「それが、山の方らしいですよ」

と、仲居は、いう。

「山の方――？」

「二人とも、スキーウエアを着て、スキーをはいて、姿を消したって、いうんです。だから、山越えで、逃げる気なんじゃないかって、川野刑事さんが、いってますけどねえ」

「スキーで、山越えですか？」

「ええ」

「逃げられるのかな？」

と、橋本は、いった。

「あたしは、警察なんかに捕らずに、逃げて欲しいと、思ってますけどね」

と、仲居は、いった。

少しずつ、透と、まいかのことで、情報が、入って来た。

今日の早朝、まだ暗い中に二人で、示し合せて、旅館と置屋を出たらしい。

スキーウエアに身をかため、スキーを担いでである。透の方は、残りの金を、全部、持って出たと思われた。

二人が、旅館と、置屋を出た時刻は、午前五時頃と、推測された。

スキーウエアを着て、スキーを持っていることを考えると、二人は、湯沢周辺の山へ登ったに違いなかった。二人とも、スキーについては、かなりの腕だからである。

橋本は、じっとしていられなかった。二人の逃亡が、自分の責任のような気がして、落着けなかったのだ。

菊乃の願いを受け入れていれば、今頃、透の代りに、まいかを連れて、二人で、湯沢の町を逃げ出していたに違いないのだ。

橋本に勇気があれば、いや、もっと若い頃の無鉄砲さがあれば、彼は、まいかと一緒に逃げ出していたろう。

だが、彼には、その二つとも欠けていた。そのことに、橋本は、責任のようなものを感じていた。だから、二人の行方を確めたい。もっといえば、二人に、何日か逃げ延びて貰いたかった。

新潟県警は、ガーラ湯沢の中に、臨時の、捜査本部を設け、刑事十七人を集めて、二人の行方を追う態勢を作った。

橋本は、その捜査本部に出かけた。

そこの壁には、大きな、湯沢中心の地図が貼られていた。

橋本の顔を見ると、川野刑事が、近寄って来た。

「どうしたんです？」

と、川野が、きく。

「まいかと、長谷川透の二人のことが、心配になりましてね」

橋本が、いうと、川野は、意地悪い眼つきに

なって、

「あの二人のことには、関心がなかったんじゃありませんか」

「そうなんですが、何といっても、何日か一緒に遊んだりしましたからね、気になるんですよ。二人が、何処に行ったか、わかっているんですか？」

と、橋本は、きいた。

川野は、窓を開け、眩しく光るゲレンデに眼をやって、

「見て下さいよ。雪が止んで、いい天気です。この辺りのスキー場は、最後だというので、どこも、若いスキー客で、一杯ですよ。この中に、二人が紛れ込んだら、簡単には、見つかりませんよ」

と、いった。


若者たちの喚声が、聞こえてくる。

「じゃあ、二人の行方は、わからないんですか？」

「いや、正確にはわかりませんが、どちらの方向に逃げたか、想像はついています」

と、川野はいい、自信ありげに、ニヤッと笑った。

「どの方向に、逃げたというんですか？」

「追われる者の心理として、少しでも早く、現場から遠くへ逃げたいと思うものです。つまり、この湯沢からですよ。しかし、列車や車は、使えない。なぜなら、駅や、幹線道路は、警察が、押さえていると、思われるからで、事実、両方とも、われわれ県警が、しっかりと、押さえています。そこで、二人は、スキーを使って、逃げることを考えた。この辺の山は、全て、スキ

ー場になっています。だから、彼等は、スキーを使って、逃げ出す気だと私は、思っています」

川野は、地図を眺め、県境に、大きな円を、描いてから、言葉を続けて、

「二人は、一番近いルートで、群馬県側に出るつもりでいると思います。そして、水上あたりに出て、そこから、まいかが、土地勘のある草津へ向うか、或いは、東京に逃げる気でいると、思っています」

「聞いているると、すぐ、見つかるようですが――」

「それが、今、いったように、この周辺の山には、スキー客があふれていますのでね。今、ヘリも使って、主として、新潟県と、群馬県の県境を上から、調べて貰っています。やがて、二人は、見つかると思っていますよ」

川野がいったとき、遠くで、雷のひびきみたいなものが聞こえた。

「雷か」

と、川野が呟くと、もう一人の刑事が、

「いや、雪崩ですよ」

「本当に、雪崩ですか？」

橋本は、心配になって、その刑事に、きいた。

「今日は、気温が高くなってますからね。何ヶ所かで、雪崩が発生すると、思っています。スキーヤーには、危険な場所には行くなと各ゲレンデで注意するように、いっているんですがね」

「県境は、どうですか？」

「同じです。雪崩の危険は、あります」

と、刑事は、いった。

橋本は、臨時の捜査本部を出て、今度は、湯

沢市内の菊乃のいる置屋に廻ってみた。

そこにも、県警の刑事たちの姿が見えた。パトカーも、駐《と》まっている。

県警は、まいかを、神崎秀男に対する殺人容疑で逮捕するだけでなく、菊乃や、母親の清乃も、共犯あるいは、犯人を隠した容疑で、逮捕したいと、思っているようだった。

二人のいる置屋は、ぴったりと玄関を閉め、菊乃たちがいるのかどうかも、わからなかった。橋本は、その家の戸を叩くことが、ためらわれて、仕方なく、旅館に戻った。

一階の広間では、女将や仲居、それに泊り客も一緒になって、テレビに見入っていた。

中央テレビが、ヘリを飛ばし、まいかと、長谷川透を、上空から、探しているのだが、それを、中継しているのだった。

時々、ヘリの内部が、映し出されると、仲居が、

「菊乃さんですよ」

と、声をあげた。

横顔は、間違いなく、菊乃だった。

(彼女は、ヘリの中で、何をしているのだろう?)

と、橋本は、首をかしげた。

まいかと、透を見つけて、警察に知らせる気でいるとは思えない。菊乃にしてみれば、何とかして、無事に、県外に逃げて欲しい筈なのだ。

菊乃の横顔は、怯えているように見えた。多分、自分の才覚で、二人を逃がしはしたが、その結果が、不安で、中央テレビのヘリに乗り込んだに違いなかった。

「菊乃さん。二人がいたら教えて下さい」

テレビ局のアナウンサーが、ヘリのエンジン音に負けないように、大声で怒鳴る。

菊乃は、黙って、小さく肯いたが、見つけても、多分いわないだろう。

突然、低い地鳴りが、エンジンを打ち負かして聞こえる。

「雪崩だ！」

と、アナウンサーが叫び、ヘリに搭載したカメラが、地表に向けられる。

白い雪煙りが、舞いあがっている。

斜面の雪が、音を立てて、移動するのがわかる。

白樺の樹を押し倒し、すごい勢いで、流れ落ちて行くのだ。

何か、スキーウエアみたいなものが、巻き込まれていくのが映る。


「人間が！」

アナウンサーが、悲鳴をあげる。

菊乃の顔が、ゆがんでいる。引きずられるように、他の斜面でも、雪崩が、起きる。

「ここは、群馬県との県境付近、群馬県側に入ったところです！」

アナウンサーが、甲高く叫ぶ。

続けて、

「今の雪崩に、何人かのスキーヤーが、巻き込まれた模様」

「この辺りは、スキーの禁止区域じゃないのか？」

と、パイロットが、怒鳴る。

「そうですよ。なぜ、こんな所にいたのかなあ？　菊乃さん、今の、まいかちゃんと、長谷川透さんじゃなかったですか？」

アナウンサーの質問は、非情だ。

菊乃は、黙ったまま、じっと、地表を見下している。

「今の場所を、もう少し低く飛んで下さい」

アナウンサーが、パイロットにいう。

カメラが、地表をなめるようにして、映していく。

雪崩は、終っていた。へし折られた白樺の樹は、雪の上に、辛うじて、枝を出している。

だが、人間の姿は、消えてしまっていた。押し寄せた、大量の雪が、人間を、呑み込んでしまったのか。

「スキーヤーが、どうなったのか、何とか、わかりませんかねえ」

と、アナウンサーが、いう。

「この状況じゃ、無理だねえ。スキーヤーは、雪に埋まっちまっているよ」

パイロットが、いう。

それまで、黙っていた菊乃が、突然、

「救助隊に、すぐ、連絡して下さい」

と、叫んだ。

4

ヘリからの連絡を受けて、救助隊と、警官が、問題の現場に向って、急行した。

橋本は、自分から、志願して、川野刑事と一緒のグループに入れて貰った。

二次遭難の恐れがあるというので、彼等の動きは、慎重だった。特に、警官たちの動きは、鈍いものだった。救助が専門の男たちではないので、当り前だったが、救助隊よりも、ずいぶん遅く、現場に着いた。

上空には、相変らず、テレビ局のヘリが、旋回し、警察のヘリも到着して、ホバリングしながら、雪崩に呑み込まれたスキーヤーを探していた。

雪山の経験が、五年から十年という救助隊は、命綱に身をあずけて、人間が、埋まったと思われる場所を、掘り起こす作業に入った。

警察官のグループは、じっと、その結果を、見守った。

なかなか、人間は、見つからない。

最初に見つかったのは、二本のストックだった。多分、雪崩に呑み込まれたスキーヤーの手から、飛ばされたのだろう。

救助隊は二本のストックが発見された地点を中心にして、雪塊を掘り起こしていった。

小さな雪崩が起きて、作業は、しばしば、中断された。

燃料切れになったヘリは、給油のために、飛び去って行った。

急に、周囲が、静寂に包まれる。

また、救助隊の作業が始まる。いら立ちの中で、時間が過ぎていく。

一時間ばかりして、やっと、雪の中から、スキーウエアの一部が、顔を出した。

救助隊員が、手をあげて、待機している警察官たちに、知らせる。

川野や、橋本たちは、足場を気にしながら、そろそろと、近づいて行った。雪崩が去った斜面は、雪が安定せず、時々、ずるずると、足もとが崩れ落ちて行く。

橋本は、危うく、落下しそうになって、県警の刑事の一人に、助けられた。

最初に掘り出されたのは、長谷川透の方だった。

少し離れた、下の方で、今度は、まいかが掘り出された。

川野たちが、透と、まいかであることを確認したあと、二人の死体は、シーツにくるまれ、救助隊のソリにのせられ、捜査本部の置かれたガーラ湯沢へ、運ばれることになった。

饒舌な川野も、若い二人の死にぶつかって、寡黙になっていた。

ガーラ湯沢には、マスコミが、集まっていた。テレビカメラや、他のカメラマンのカメラが、運ばれて来た、二人の死体に向けられる。

「こういう事態になって、大変残念です」

と、本部長は、当り障りのない談話を、口にしている。

橋本は、マスコミのカメラを避けるように、ゴンドラで、下へ降り、いろは旅館に戻った。

5

すでに、陽は落ちて、周囲は、暗くなっていた。橋本は、自分の部屋に入り、明りもつけずに、寝転び、ぼんやりと、暗い天井に眼をやった。

何も考える気になれない。ただ、二人が死んだという事実が、重く、のしかかってくる感じだった。

そして、強く感じるのは、無力感と、敗北感だった。

(おれは、何も出来なかった)

その言葉だけを、頭の中で、繰り返した。

急に足音がして、仲居が顔をのぞかせた。

「電気をつけずに、どうなさったんですか？」

その声と一緒に、明りがついた。

「消してくれ！」

と、橋本は、怒鳴った。

「でも――」

「いいから、消してくれ！」

明りが消え、仲居が、降りて行った。急に、涙が出て来た。何が悲しいのか、橋本にもわからず、涙だけが出て来て、止まらないのだ。

翌日の新聞の社会面は、まいかと、透の死で、あふれていた。

〈愛の逃避行〉

などと、書いた新聞もある。「発見された時、二人の手は、固く結ばれていた」と、見てきたような嘘を書いた新聞もあった。

雪の中から掘り出された二人を、この眼で確認した橋本には、本当の姿が、焼きついている。二人は、十メートル以上も離れて、発見されたのだ。猛烈な雪崩の力が、二人を引き裂いたのだ。

二人の遺体は、すぐには、身内に引き渡されず、司法解剖に廻されるという。警察としては、そうするだろう。死んだとしても、まいかが、父親殺しの犯人であることに、変りは、ないのだ。

橋本には、菊乃のことが、心配だった。が、会いに行くのが、怖かった。きっと、彼女が、自分のことを軽蔑しているに違いないと、思うからだった。

一日、ぐずぐずしていると、仲居が、彼の部

屋に飛び込んで来て、

「菊乃さんが、警察に、逮捕されたそうですよ」

と、青い顔で、教えてくれた。

「まいかの逃亡を助けたからかな？　実際には、逃亡していないんだから、今更、逮捕するのも、おかしいんじゃないか」

「そうじゃないんです。果物ナイフで、刺したんですよ」

「誰を？」

「ワイドショーのレポーターが、菊乃さんを追いかけ廻したんですよ。その上、犯人のまいかとは、本当の姉妹ですねとか、父親殺しを、本当は、知ってたんじゃないかとか、失礼な質問を並べるものだから、菊乃さんは、あの性分だから、かっとして、近くにあった果物ナイフで、男のレポーターを刺してしまったらしいんですよ」

と、仲居は、興奮した調子で、喋る。

「それで、相手のケガの状態は、どうなの？」

橋本は、自分の顔が、こわばっていくのを感じながら、きいた。

「救急車で、病院に運ばれたらしいんですけど、命に別条はないと聞いています」

「警察へ行ってくる」

と、橋本は、いった。

旅館で、ゴム長を借り、雪溶けで、ぐじゃぐじゃになった道を歩いて、湯沢派出所に、向った。これから、だんだん雪溶けが進み、冬が、終るだろう。

派出所で、川野刑事に会った。

「菊乃が、逮捕されたそうですね」

と、いうと、川野は、小さく肩をすくめて、

「困ったものです。われわれとしては、まいかと、長谷川透の死亡という結果になってしまったので、菊乃の共犯の線は、取り消していいということに捜査会議で、決まったんですよ。それなのに、ワイドショーのレポーターを、かっとして、刺すんですから、困っていますよ」

「しかし、命に別条は、ないんでしょう？」

　橋本が、いうと、川野は、険しい眼になった。

「全治一ヶ月ですよ。刺されたレポーターは、告訴すると、いってるんです」

「菊乃に、会わせて下さい」

　と、橋本は、いった。

「会って、どうするんです。彼女、少しでも反省の色を示してくれれば、何とか、警察が中に入って、レポーターに話してもいいんですが、あの態度ではねえ」

「いいから、菊乃に、会わせて下さい」

「誰にも、会いたくないといっていますがねえ」

　と、川野は、いったが、

「とにかく、彼女に、橋本さんが来たことは、伝えましょう」

　と、奥に消えた。

　川野は、五、六分して、ひとりで、戻って来た。

「どうでした？」

　橋本が、膝を乗り出すようにして、きくと、川野は、ニヤッとして、

「菊乃の言葉を、そのまま伝えますよ。あなたは、一番、会いたくない人間だそうです。ずいぶん、嫌われたものですね」

6

その日の中に、橋本は、東京に帰ることに決めた。結局、自分は、この湯沢では、余所者《よそもの》だった、傍観者だったことを、思い知らされたからである。

そんな橋本を、菊乃は、決して許そうとしないだろう。

本当の事情を知らない旅館の女将は、一生懸命になって、橋本を引き止めた。

「今、菊乃さんは、まいかちゃんと、長谷川さんを失って、失意のどん底にいるんですよ。こんな時こそ、橋本さんの助けが必要だと思います。それなのに、東京へ帰ってしまうなんて、冷たいじゃありませんか」

「僕は、帰った方がいいんだよ」

と、橋本は、力なく、微笑した。

「何をいってるんです？　菊乃さんは、今、警察に捕っているの、ご存知でしょう？」

女将は、怒ったように、いう。

「知っています」

「それなら、どうして？　これから、一緒に、面会に行きましょうよ。橋本さんが行けば、菊乃さんは、一番、喜びますよ」

と、女将は、いう。

彼女が、くどくどと、橋本を励ますように、いう度に、逆に、彼の気持は、落ち込んでいった。

今の自分の気持を、うまく、女将に説明できない、いらだたしさもある。

「一緒に行かないいんですか？」

女将は、非難するように、橋本の顔を見た。

「ええ」

橋本は、短く、答える。

「じゃあ、あたしが、帰って来るまで、帰らずに、ここにいて下さいよ。あたしが、菊乃さんに面会に行って、橋本さんを連れて来てと、彼女が、いったら、縄をつけてでも、連れて行きますからね。菊乃さんは、きっと、あなたに会いたがる筈なんだから」

相変らず、女将は、くどくどと、いう。橋本は、面倒くさくなって、

「わかった。あなたが帰って来るまで、待っていますよ」

と、いった。

女将が、ほっとした顔で出かけて行くのを見送ってから、橋本は、仲居に、急用が出来たからといって、今までの支払いをすませて、タクシーを、呼んで貰った。

一日、一日と、雪溶けが、激しくなっていく感じだった。橋本を、越後湯沢駅まで運んでくれた運転手は、

「もう、スキーシーズンは、終りましたよ」

と、残念そうな、それでいて、ほっとした感じで、いった。

時刻表も見ずに、旅館を出て来たので、駅に着き、駅の時刻表を見ると、四十分近く間があった。

橋本は、構内の喫茶店に入り、窓際の席に腰を下して、コーヒーを、注文した。

コーヒーを前に置いて、ぼんやり、窓の外に広がる湯沢の町を見た。急に、よそよそしい、見知らぬ町に見えた。

この間まで、橋本は、菊乃や、まいかの眼を

通して、この湯沢の町を見ていたのだ。いや、もっと正確にいえば、町を見ずに、菊乃を見、まいかを見ていたのだと思う。

　だから、菊乃や、まいかと、楽しくやっていた時は、湯沢の町も、明るく、楽しく見えたのだ。歩きにくい雪道も、身を切る寒さも、菊乃やまいかを通してみると、楽しい経験だった。

　今、まいかが死に、菊乃の心は、遠く離れてしまった。だから、湯沢の町も、いっきに、よそよそしく見えるようになったのだろう。

（もう、この湯沢の町に来ることはないだろう）

　と、橋本は、思った。少くとも、菊乃が生きている間は。

　コーヒーを飲み、煙草を一服する。店のテレビは、相変らず、まいかと、長谷川透の死を、報道していた。

　この事件さえ、急に、遠い昔のことのように思えた。

　橋本は、店を出て、新幹線ホームにあがって行った。

7

　東京に帰ると、橋本は、私立探偵の仕事に、専念した。

　十津川に会ったが、彼は、事件のことを、橋本に問いただすようなことはしなかった。多分、橋本の態度を見て、察してくれたのだろう。

　それから五年。菊乃からは、電話もなかったし、手紙も来なかった。

　女将からは、毎年、年賀状が届いたが、印刷された、そっけないものだった。

橋本の方も、一度も、連絡しなかったし、越後湯沢に行くこともなかった。

六年目の五月十二日だった。

女将から、年賀状以外のハガキが、初めて、届いた。

〈ご機嫌いかがですか？

先月末に、菊乃さんが、亡くなりました。もし、よろしければ、お墓参りにおいで下さい〉

それだけの文字が、並んでいた。

その文面だけでは、橋本に来て貰いたいのかどうか、わからなかったが、彼は、行くことにした。

六年ぶりに乗る上越新幹線だった。高崎を過ぎ、長い大清水トンネルに入る。

否応なしに、六年前、初めて湯沢を訪れた時のことが思い出された。あの時は、芸者の身上調査をし、さらに甘えん坊の大学生を連れ戻すという詰らない仕事を、引き受けたものだと後悔しながら、その一方で、ミス駒子という若い芸者に会うことに、ひそかな期待も感じていたのだった。

今日は、重苦しい後悔しか感じていない。

列車は、長いトンネルを駈け抜けた。

そのとたん、眩しさに、一瞬、眼をしばたいた。が、それは、雪の輝やきのためではなく、五月の陽光のためだった。

湯沢の駅には、いろは旅館の女将が、ひとりで、迎えに来てくれていた。

橋本には、彼女が、ひどく年取ってしまったように感じられた。多分、彼女の眼にも、橋本が、年取って見えたことだろう。

それ以上に、彼女の持つ雰囲気が、すっかり変ってしまったように見えた。彼女だけではなかった。湯沢の町も、あの時のような、どこか、わいせつで、楽しい匂いが、消えてしまったように、橋本には、感じられた。

女将は、まっすぐに、菊乃の墓のある寺へ、橋本を案内した。

いつだったか、神崎秀男の小さな墓標のあった寺だった。

あの墓標と離れた場所に、三つの墓が、並んでいた。

まいかと、透の墓、そして、一番新しいのが、菊乃の墓だった。

「長谷川透さんのお墓は、向うでご両親が反対して、大変だったんです。それを、何とか、分骨して頂いて、こうして、まいかちゃんの傍に、作ったんです」

と、女将が、いう。

「菊乃は、病死だったんですか？」

橋本は、きいた。

「まいかちゃんが亡くなってから、お酒の量が増えて、あたしなんかも心配してたんですけどねえ。血を何度か吐いて、あっけなく、亡くなってしまったんですよ」

女将は、肩を落していう。

橋本は、黙って菊乃の墓に向って、手を合せた。眼を閉じていると、彼女の顔が、思い出された。笑った顔、怒った顔、そして、悲しみに沈んだ顔。

「今夜、どうしますか？」

と、女将が、寺を出たところで、きいた。

「芸者を呼ぶんなら、手配しますよ」

「いや、今日は、このまま帰ります」

と、橋本は、いった。

「お泊りにならないんですか？」

「ええ」

「今年も、ミス駒子になった若い芸者さんがいるんですけど、菊乃さんが亡くなってから、肩入れしたい芸者さんがいなくて――」

と、女将が、溜息をつくようにしていった。

橋本は、駅まで、彼女に、送って貰った。

（もうこれで、本当に、この湯沢に来ることもないだろう）

と、橋本は、思った。

まいかもいない。透もいない。

そして、今度は、とうとう、菊乃もいなくなってしまった。

「雪国」の越後湯沢は、橋本には、関係のない土地になってしまったのだ。

この作品はフィクションであり、作中に登場する人物・
団体・場所等は、実在のものとは関係ありません。

本書は一九九八年二月に刊行されたC★NOVELS
『「雪国」殺人事件』の新装・改版です。

ご感想・ご意見は
下記中央公論新社住所、または
e-mail：cnovels@chuko.co.jpまで
お送りください。

C★NOVELS

「雪国《ゆきぐに》」殺人事件《さつじんじけん》
——新装版《しんそうばん》

1998年2月25日　初版発行
2021年2月25日　改版発行

著　者　西村京太郎《にしむらきょうたろう》

発行者　松田陽三

発行所　中央公論新社
〒100-8152　東京都千代田区大手町1-7-1
電話　販売 03-5299-1730　編集 03-5299-1930
URL http://www.chuko.co.jp/

DTP　ハンズ・ミケ

印　刷　三晃印刷（本文）
大熊整美堂（カバー・表紙）

製　本　小泉製本

Published by CHUOKORON-SHINSHA, INC.
Printed in Japan　ISBN978-4-12-501427-2 C0293

えちごトキめき鉄道殺人事件

西村京太郎

〈えちごトキめき鉄道・日本海ひすいライン〉の泊駅で起きた毒殺事件。被害者の男は、未だ犯人が挙がらない５年前の副総理暗殺事件の担当刑事で、退職してまで犯人を追っていたようだ。

ISBN978-4-12-501396-1 C0293　840円　カバーデザイン　安彦勝博

十津川警部「狂気」

新装版

西村京太郎

東京の超高層マンションとテレビ塔に女性の全裸死体が吊された⁉　30年前には兵庫の余部鉄橋でも若い女性が犠牲になっていた。「狂気」は受け継がれたのか？　十津川は犯人の心の闇に迫る。

ISBN978-4-12-501413-5 C0293　880円　カバーデザイン　安彦勝博+中野和彦

愛と殺意の津軽三味線

新装版

西村京太郎

都内で４件の連続殺人事件が発生。犯行時現場からは津軽三味線の調べが聞こえたが、被害者に共通点が見つからず捜査は難航する。十津川は津軽三味線を唯一の手掛かりに、津軽へ向かう。

ISBN978-4-12-501414-2 C0293　880円　カバーデザイン　安彦勝博+中野和彦

表示価格には税を含みません

熱海・湯河原殺人事件

新装版

西村京太郎

熱海と湯河原でクラブを経営していた美人ママを絞殺した小早川が出所すると、平穏な温泉町で連続殺人が。一方、十津川は、東京で起きた幼女誘拐事件の捜査で小早川に接近するが。

ISBN978-4-12-501412-8 C0293　900円

カバーデザイン　安彦勝博・中野和彦

十津川警部 雪と戦う

新装版

西村京太郎

伊豆の旧天城トンネルが爆破され、後日、犯人を目撃した女子大生が刺殺された。そして次は湯沢のスキー場でゴンドラが爆発。粉雪舞う越後湯沢に急行する十津川を待つものは……！

ISBN978-4-12-501422-7 C0293　900円

カバーデザイン　安彦勝博・中野和彦

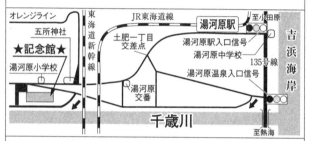